Agathe, der alte Besen
und die Weihnachtsgans

Anne Fatori

Agathe, der alte Besen und die Weihnachtsgans

Die besinnliche Zeit und die Krisen am Herd

Bibliografische Information der Deutschen Nationalbibliothek:

Die Deutsche Nationalbibliothek verzeichnet diese Publikation in der Deutschen Nationalbibliografie; detaillierte bibliografische Daten sind im Internet über http://dnb.dnb.de abrufbar.

Herstellung und Verlag: BoD – Books on Demand, Norderstedt

ISBN: 978-3-7460-1817-1

*Frohe Weihnachten für alle, die sich auf ein paar erhol-
same Tage im Kreise ihrer Lieben freuen und auch für
die, die noch kurz vor Ladenschluss an Heiligabend die
letzten Geschenke besorgen, nach Hause hetzen, um
für die liebe verfressene Verwandtschaft ein Menü zu
kochen, dabei zu schwitzen und zu schimpfen und froh
aufs Sofa fallen, wenn die Feiertage geschafft sind und
die Schwiegermutter endlich wieder im Zug Richtung
weit weit weg sitzt.*

Agathe kam schon früher. Das hatte sie soeben fröhlich am Telefon verkündet.

Marie legte den Hörer auf, setzte sich an den Küchentisch und schaute zu Boden, als sei etwas passiert.

Agathe kam schon ganze zwei Tage früher, also schon heute, um mehr Zeit mit ihren Lieben zu haben und um zu helfen. Bei was bitte wollte sie denn helfen? Eigentlich war sie nun schon fast unterwegs, Maries Schwiegermutter Agathe. „Oh, welch tolle Überraschung!" stöhnte Marie.

Sie wollten gleich losfahren und somit wollten sie bereits in schlappen drei Stunden vor ihrer Tür stehen.

Also, Agathe und ihr Mann Alfred. Doch Alfred vergaß man fast dabei.

Er sprach ja meist nicht viel. Warum auch? Seine liebe Frau wusste ja alles, vor allem wusste sie eh alles besser. Also sagte der schlaue Mann eben lieber nichts. Somit musste sie ihn schließlich auch nicht so oft verbessern.

Agathe erwähnte eben, sie würden noch eine Überraschung mitbringen, eine doppelte Überraschung. Marie allerdings war sich nicht sicher, ob sie sich darauf freuen sollte.

Marie blickte auf die Uhr. Es schien, als sprangen die Locken in die Höhe, aber nicht aus Vorfreude.
Vielmehr war es die blanke Panik!

Wie bitte sollte sie in nur drei Stunden das Chaos hier beseitigen, putzen, ein Essen für 6 Personen vorbereiten, naja, eigentlich für 4 ¾, wobei auch die ¾ ein durchaus anspruchsvoller Part war.

Pünktlich zum Abendessen, zu dem es eigentlich nur ein ganz normales Abendbrot geben sollte, also mit Brot, Käse, Wurst und ein paar Gürkchen, waren sie, die lieben Schwiegereltern ja dann vermutlich schon da.
Also waren Marie, ihr Mann Ben, die Kinder Luisa (3 Jahre) – also eine halbe Portion - und - die Viertel Portion-, der kleine Theo, der nun schon bald seinen

ersten Geburtstag feiern würde, wohl nicht unter sich, sondern Oma und Opa waren dann auch da.

Kurz ging Marie alle Baustellen durch, die noch unbedingt erledigt werden mussten, bevor die lieben Schwiegereltern vor der Tür stehen würden.

Die Küche sah gerade noch aus wie ein Schlachtfeld, hatte sie doch eben erst den Kuchen in den Ofen geschoben, die Tüte Mehl fiel ihr in dem Moment noch aus der Hand, als sie sie zurück in den Schrank stellen wollte. Also sah der Fußboden recht gepudert aus. Die Tatsache, dass sie nun schon mal kreuz und quer darüber umherlaufen musste, machte die Sache nicht besser.

Luisa hatte währenddessen am Küchentisch ihrer künstlerischen Ader freien Lauf gelassen, um ihre Mami nicht zu stören. Es verstand sich von selbst, dass nicht nur das Papier damit bunt bekritzelt wurde, sondern auch die Tischplatte eine einzigartige Verzierung abbekommen hatte.

Theo meldete sich auch gerade zu Wort. Sicher war die Windel voll.

Also erst Windel, dann Küche, dachte sich Marie.

Beim Betreten des Flurs fiel ihr auf, dass auch hier eine kurze Grundreinigung nötig wäre.
Ein Blick fiel ins Bad. Ach ja, das Bad... nun, am besten zumauern. Luisa hatte auch hier kreativ gewütet und mit den neuen Stiften bunte eckige Klekse an der Badewanne dekoriert. Hmm... sicherlich hatte die Kleine Prinzessin ein sonniges Gemüt und eine künstlerische Ader, aber ob Oma Agathe das so erkennen würde, das war wohl eher unwahrscheinlich.

Es half nichts. Hilfe musste her und zwar dringend!

Marie wählte Bens Nummer im Büro. „Schatz, komm schnell nach Hause!" „Was ist passiert?" entgegnete er erschrocken.
„Deine Eltern sind schon unterwegs." erwiderte sie, schon etwas gehetzt.

„Das macht doch nichts. Das Gästezimmer ist doch frei." meinte er, recht entspannt.

Nun, sicherlich war das Gästezimmer frei. Aber damit war es doch nicht getan!

Der Rest des Hauses machte vielmehr den Anschein, als hätte hier eine Bombe eingeschlagen.

Die ganze Hetzerei der letzten Tage, Geschenke zu besorgen, das Auto aus der Werkstatt zu holen, das Gästezimmer bezugsfertig zu machen, das hatte zu Zeitmangel für Hausputz geführt. Das wollte Marie eigentlich in den kommenden zwei Tagen in Ruhe machen. Doch dann ging auch noch zu allem Übel der Geschirrspüler plötzlich in Streik, als wolle er warnen, ihn über die Feiertage wieder völlig zu überlasten.

Marie setzte sich für einen kurzen Moment, atmete tief durch und dann rotierte sie. Sie erklärte Luisa ein tolles neues Spiel. Es hieß: Singen für Theo. So waren die Kinder beschäftigt. Sobald man sang, war Theo ganz gebannt und da das kleine Gesangstalent eine tolle laute Stimme hatte, konnte man sie auch so immer einwandfrei orten.

Im Eiltempo beseitigte Marie die Kampfspuren ihrer ganz persönlichen Küchen-Kuchen-Schlacht, redete dem Geschirrspüler gut zu und schickte ein Stoßgebet, damit er doch bitte seinen Dienst tat. Er tat es und so war hier schon mal einigermaßen klar Schiff.

Dann ging es ins Bad. Ach wie toll...die neuen Stifte von Luisa hielten wirklich gut. Das müsste sie sich mal merken und sie vor dem nächsten Kindergeburtstag unbedingt gut verstecken, um üblen Überraschungen vorzubeugen. Heute allerdings kostete die Entfernung dieser bunten Verzierungen mindestens zwei Schweißperlen mehr.

Nur zwei Stunden später stand auch Ben in der Tür, gerade als Marie sich erschöpft, aber durchaus zufrieden mit ihrer Leistung aufs Sofa fallen ließ.
Er schaute sich um „Was hast du denn? Dafür sollte ich jetzt früher nachhause kommen? Es ist doch alles gut."

Marie holte kurz Luft, wollte ihm die Sachlage erklären, bedachte dann aber, dass die Stimmung zwischen ihnen nachher zumindest gut sein sollte. Also gab sie ihm einen Kuss auf die Wange, hauchte ihm ein „Schön, dass du da bist." entgegen und ging in die Küche, um den Tisch zu decken.

Insgeheim war ihr ja klar, es war fast egal, wie schön jetzt alles blitzte und blinkte und ob für sie alles tippi toppi war. Sobald ihre Schwiegermutter Agathe das Haus betrat, war für diese vieles nicht mehr so, wie es zuvor schien. Sie konnte wirklich gegen alles wettern. Von daher wäre es auch nicht so viel schlimmer gewesen, wenn Marie keinen Finger krumm gemacht hätte. Nur wären dann vermutlich die Kritikpunkte auch für den Normalsterblichen sichtbar gewesen.

Es klingelte an der Tür und schon hörte Marie die unsanften Klänge ihrer sie so reizenden Schwiegermutter. Deren bloße Anwesenheit brachte Marie schon einen leicht erhöhten Blutdruck. Doch sicherlich würde sich das in den nächsten Tagen noch multiplizieren.

Das Spiel war ja bekannt. Wer solch eine Schwiegermutter hatte, der wusste „Alle Jahre wieder" völlig neu zu deuten.

Abgehetzt und völlig erschöpft, so schien es, betrat Agathe den Flur und ließ gleich ihren Blick schweifen, nachdem sie ihren geliebten Sohn herzlich und dann die wohl eher geduldete Schwiegertochter kurz begrüßt hatte. Beim schweifenden Blick betonte Agathe, wie müde sie nach der stressigen Anreise durch das Schneegestöber auf der Autobahn war. Das ließ fast auf einen ruhigen Abend hoffen.

Doch Marie ahnte, dass Agathe durchaus noch genügend Energie hatte, um die Staubkörner unter dem Küchenschrank zu scannen.

Kaum hatte sie diesen Gedanken, da ging es auch schon los.

„Ach meine liebe Marie..." fing sie an und bei diesen Worten stellten sich nicht nur Maries Ohren auf Radar, sondern sie spürte, wie ihre Locken sich kräuselten und ihr Puls im Hals Tempo machte.

„Ach meine liebe Marie..." und Marie dachte, welche Ironie... „Marie, du solltest dir eine Putzfrau anschaffen. Sieh, du hast einfach für das große Haus keine Zeit, um es mal gründlich zu putzen. Bei den zwei kleinen Kindern und dann auch noch die Arbeit ist das ja auch kein Wunder. Ach Kind, du hast das ja auch nicht nötig. Du hast doch Ben. Du musst doch gar nicht arbeiten."

Richtig, liebe Schwiegermutti, dachte sich Marie voller Ironie. Bloß keine Zeit vergeuden! Gleich mit den Spielen beginnen.
Das war ja schon mal ein guter Auftakt.

Sicherlich war es in Agathes Augen so, dass eine Frau, die einen guten Mann geangelt hatte, nicht arbeiten müsste. Doch Marie hingegen waren ihre Eigenständigkeit und ihre eigene Karriere auch neben Familie und Kindern sehr wichtig und das wusste natürlich auch Agathe. Seit sie dies wusste, war es allerdings auch ein Thema, welches die liebe Agathe immer wieder auf den Tisch brachte, ohne Umschweife und ohne ihre eigene Meinung dabei zu verschleiern.

Ben zwinkerte ihr nur zu und entgegnete seiner Mutter „Aber sie liebt ihren Job und sie macht das alles toll."

Ok, das war also erst mal vom Tisch. Danke. Danke auch, dass du den Punkt mit der Putzfrau nicht kommentiert hast, dachte sich Marie, voller Sarkasmus. Hier sah es trotz der Kürze der Zeit toll aus! Das musste mal klar sein. Aber die paar Tage mit Agathe und Alfred würden schon irgendwie vorübergehen.

Marie musste niesen, drei Mal. Hatte das etwas zu bedeuten?

Erschrocken musterte Agathe ihre Schwiegertochter und beugte sich direkt etwas zurück.

„Was, Kind, bist du etwa krank? Oh Gott, hätte ich das geahnt, hätten wir unseren Besuch verschoben! Ich möchte mich keinesfalls anstecken, wo wir doch über Silvester verreisen wollen."

Marie winkte ab „Nein, nein. Ich bin nicht krank." Doch insgeheim dachte sie sich `Warum habe ich nicht vorhin am Telefon niesen müssen, oder viel besser noch husten. Ja husten, das wäre eine gute Idee gewesen. Das würde sie einfach machen, wenn der nächste Besuch anstünde. Zufrieden lächelte sie und wusste, das nächste Familienevent war zu retten. Niesen sei Dank!

Auch Alfred kam nun hinein. Er war bepackt wie ein Esel, allerdings war noch kein Koffer zu sehen, sondern zwei braune wuschelige Fellknäuel und noch ehe Marie etwas sagen konnte, stürmte Luisa ihrem Opa schon entgegen, mit begeistertem Gequieke. Schon war sie auf den Knien und begrüßte die zwei kleinen quirligen Welpen.

Oh Gott, Marie ahnte nun, von welcher doppelten Überraschung ihre sie so reizende Schwiegermutter gesprochen hatte. Sie hatten wohl Zuwachs auf vier Pfoten bekommen, oder vielmehr auf acht Pfoten.

Na super, damit war ebenso klar, warum Marie plötzlich niesen musste.

Natürlich war Agathe und Alfred eigentlich bekannt gewesen, dass Marie eine Tierhaarallergie hatte. Doch das war ihnen wohl, würde man annehmen, nicht so bewusst gewesen, als sie diese kleinen, goldigen haarigen Freunde mit eingepackt hatten, um ihrer lieben Familie die Feiertage zu versüßen.

Zum Glück hatte Marie auch noch eine Packung eines Antiallergikums, die sie die Symptome ihrer Allergie gegen die Tierhaare lindern ließ.

Für den heutigen Tag war selbstverständlich klar, dass die kleine Luisa wohl kaum von den kleinen neuen Gästen zu trennen war.

Doch wo sollten die beiden Hunde denn schlafen? Wo sollten sie fressen? Waren sie schon stubenrein?

Gefühlt tausend Fragen schossen Marie durch den Kopf, doch noch konnte sie über ihre Entsetzung hinweg lächeln und redete sich ein, es würde schon nicht so schlimm werden. Es waren ja nur drei Tage.

Noch positiv gestimmt ging Ben voran in die Küche, um seinen lieben Eltern einen Kaffee zu machen und so die Stimmung etwas zu entspannen. Stimmte ja. Die beiden tranken gerne abends noch einen starken Kaffee und dann blieben sie wach. Sie blieben meist sehr lange wach, beschwerten sich darüber, dass sie so schlecht einschlafen könnten und redeten und redeten. Ach besonders Agathe redete so gerne. Was auch nicht so schlimm wäre, wenn Marie und Ben nicht immer zu tun hätten, die Augen auch so lange offen zu halten.

Sicherlich würde es schon etwas helfen, sich abends nicht mehr die volle Koffeindröhnung zu geben, doch wer wollte denn Agathe belehren? Sie betonte gerne, sie könnte in einer Badewanne voller Kaffee einschlafen. Nun, scheinbar konnte sie aber im Gästezimmer während ihrer Besuche hier ohne diese benannte Badewanne immer recht schlecht Schlaf finden.

Wissend machte Ben gleich vier Tassen Kaffee, denn klar war ja, wenn die Gäste lange wach waren, sollten es die Gastgeber auch sein.
Marie war bewusst, dass sie eigentlich viel lieber auch jetzt gleich ins Bett gehen würde, quasi noch vor dem Sandmännchen, aber das war für die nächsten drei Abende ein Satz mit X, das war wohl mal nix.

Nachdem die kleinen Mini - Fellbündel versorgt waren und sich in ihrem XXL-Körbchen vor dem Ofen eingerollt hatten, knurrten allen anderen nun so langsam recht deutlich die Mägen.

Das Abendessen verlief ohne weitere Blessuren. Naja, fast.

Ganz verkneifen konnte sich es die liebe Schwiegermama ja nicht, zu kommentieren, dass hier zum Empfang der Gäste, die ja nur so selten da waren, nur Brot am Tisch stand.

„Hätten wir geahnt, dass es nichts Richtiges zum Essen gibt, hätten Alfred und ich doch auch Essen gehen können. Das wäre ja für uns gar kein Problem gewesen."

Marie jappste nach Luft. Gerade wollte sie das kommentieren, da legte Ben eilig seine Hand auf ihre und sagte hastig „Aber Mutter, bei uns gab es doch zuhause auch immer Brot zum Abendessen."

„Ja, aber doch nicht wenn Besuch kam." Giftete sie mit einem aufgesetzten Lächeln.

Ben entgegnete mit einem zuckersüßen Lächeln „Aber Ihr seid doch kein Besuch. Ihr seid doch Familie!"
Da hatte Agathe nichts mehr zu sagen. Sie biss sich auf die Lippen, wie es auch Marie tat. Sie hätte ihr so gerne jetzt schon die Meinung sehr deutlich gesagt, mit direkten und auch mit etwas lauteren Tönen.

Da fragte Ben „Weshalb seid Ihr eigentlich heute schon angereist? Wir hatten Euch erst in zwei Tagen erwartet. Habt Ihr zuhause eine kalte Wohnung?"

Etwas ertappt verzog Agathe das Gesicht. In Alfreds Mundwinkel war ein kurzes Zucken, ja sogar ein Schmunzeln, zu sehen.

Er nickte „Ja, haben wir."

Es war für einen kurzen Moment ruhig. Es schien, als würde Alfred den Kopf leicht einziehen, um schon mal in Deckung zu gehen. Agathe war still und biss in ihr Brot.

Scheinbar wollte sie das nicht kommentieren. Also übernahm Alfred mutig diesen Part.

„Unsere Heizung ist ausgefallen. Deine Mutter hatte ja versucht, die Handwerker dazu zu animieren, das Problem auf jeden Fall noch vor den Feiertagen zu beheben. Doch die Ersatzteile waren wohl nicht so schnell lieferbar und so war es Mutters Idee, euch schon etwas früher zu besuchen, damit wir nicht frieren müssen."

Agathe warf ihrem Gatten daraufhin einen eiskalten Blick zu, mit einem drohenden Blitzen von unten links, das war für alle gut sichtbar. Doch Alfred erzählte weiter. Nach den 42 Ehejahren hatte er sich davon nicht mehr wirklich beeindrucken lassen und wenngleich er wusste, es war seiner holden Gattin nicht recht, dass er hier aus dem Nähkästchen plauderte, so war es nun raus.

Jetzt musste auch Marie schmunzeln. Agathe war also schutzbedürftig. Man konnte nicht behaupten, Marie hätte Mitleid gehabt. Nein. Man konnte allerdings schon völlig zu Recht annehmen, sie hätte ein wenig Schadenfreude empfunden.

Zum Glück mussten sie auch eigentlich nicht fürchten, sie würden länger bleiben, um noch ein paar zusätzliche Tage im Warmen zu sein.

Direkt am 1. Weihnachtsfeiertag, pünktlich nach dem Mittagessen würden sieabreisen, um Bens jüngere Schwester Julietta mit Familie zu beehren. So war es zumindest geplant, wenn denn bitte nichts dazwischenkam.

Sicherlich hatte sie dort nicht so viel zu bemängeln, denn dort war ja, wie in Agathes Eigenheim, täglich eine Putzfrau vor Ort, um den Haushalt zu managen

und auch bei Besuchen der lieben Agathe deren An-
weisungen anzunehmen.

Man fragte sich, woher sie all diese Tipps für den
staubfreien Haushalt nahm, hatte sie doch selbst nie
den Putzlappen schwingen müssen, außer natürlich, sie
sah Verbesserungspotential bei anderen.

Doch Agathe konnte nicht nur gut die entlegensten
Staubkörner zählen und Flecken hinter Sofalandschaf-
ten förmlich erahnen.
Nein, sie konnte auch bereits vor dem ersten Bisse,
bloß durch die Kraft des Sehens und Riechens erkennen, sie musste nachwürzen. Das galt so ziemlich für
alles, was ihr von anderen vorgestellt wurde, ob in der
lieben Verwandtschaft, von Freunden, oder auch in
Restaurants. Bevor Agathe zubiss, wurde erst mal mit
ihrem persönlichen Pfiff nachgewürzt.

Handtücher mussten flauschig weich aus dem Trock-
ner kommen. Ansonsten war das unangenehm auf
ihrer ach so zarten Haut.

Bettwäsche musste noch so frisch sein, dass diese nach Weichspüler duftete, sonst konnte sie sich darin nicht wohl fühlen und entspannen. Laut ihrer Anweisung seien sogar die Handtücher und die Bettwäsche zu bügeln. Nun, Marie hatte definitiv noch nie, absolut noch nie, Bettwäsche gebügelt und das würde sich auch nicht ändern!

So ging die Liste noch weiter. Agathe untersuchte gerne bei Besuchen die Möbel auf Staub, indem sie mit ihrem Kenner-Zeigefinger über sämtliche Oberflächen glitt, um dann pingelig ihre Fingerspitze auf Staubkörnchen zu untersuchen. Das tat sie auch nicht immer heimlich. Nein, innerhalb der lieben Verwandtschaft machte sie daraus keinen Hehl und erledigte es quasi im Vorbeigehen als Ritual zum Ankommen. Gerne kommentierte sie auch Flusen in den Ecken unter den Treppen oder Kalkflecken in Dusche und Badewanne.

Selbst die Ränder der Armaturen wurden von ihr ganz genau unter die Lupe genommen.

Welche Hausfrau freute sich da nicht auf Agathes Besuch bzw. auf ihre Inspektion!?

Bei ihrem letzten Weihnachtsbesuch hatte sie die Muse, in ihrer charmanten Art, einfach still und leise im Badezimmer zu verschwinden und Waschbeckenarmatur und Co mit einer mitgebrachten Zahnbürste und ihrem Superputzmittel zu putzen, danach alles auf Hochglanz zu polieren, um dann vor allen zu tönen, dass sie nun erst mal das Badezimmer auf Vordermann gebracht hatte, weil ja ihre liebe Schwiegertochter dafür einfach keine Zeit gehabt hätte. Ach sie betonte dabei noch, wie verständlich das doch sei, bei dem vielen Stress, dass man keine Zeit für den großen Haushalt hätte und wie gerne sie doch helfen würde.

Das war im vergangenen Jahr der Moment, in dem Marie kochte wie ein Dampfkessel und kurz vor der Explosion ihre Schwiegermutter beinahe vor die Türe gesetzt hätte, wenn sie nicht eh zwei Stunden später hätte abreisen wollen.

Nun, also ein Jahr später, waren die Spiele neu eröffnet.

Ach es war einfach so schön ruhig, wenn sie doch erst wieder abgereist waren.

Doch wie hieß es so schön? Man heiratete eben nicht nur einen Mann, sondern seine Familie immer gleich mit.

Das stimmte irgendwie, auch wenn sie fast drei Stunden entfernt wohnten.
Für sie wäre aber eigentlich selbst Australien fast noch zu nah.

Doch nun hieß es, optimistisch bleiben. Es waren ja nur die paar Tage. Vier Tage und drei Nächte, also drei lange, sehr lange Abende und der erste würde schon bald, also in einigen Stunden geschafft sein.

Es war Samstagmorgen. Einen Wecker brauchte Marie nicht. Sie hatte ja Theo und Theo war jetzt wach. 5.55 Uhr. Oh, nein, konnte er nicht noch etwas schlafen? Nur ein kleines Bisschen?

Nein, scheinbar nicht.

Vor gerade mal vier Stunden waren sie endlich selbst ins Bett gegangen, nachdem Bens Eltern mit ihren kleinen quirligen Wollies auch den Weg ins Gästezimmer fanden.

Doch es half nichts. Theo war wach.

Marie schnappte den kleinen Mann und er strahlte sie an. Ach, da konnte man ja auch nicht sauer sein! Der kleine Sonnenschein wollte ja nur eine frische Windel und scheinbar auch etwas zu trinken. Ok, alles kein Problem! Es war also Zeit für das erste Frühstück des Tages.

Als sie die Treppe leise und vorsichtig nach unten ging, bemerkte sie diesen Duft nach Zitrone. Die Treppe sah auch irgendwie feucht aus.

Das durfte ja wohl nicht wahr sein! Hatte da etwa jemand Mainzelmännchen spielen wollen? Hatte etwa Agathe die nächtliche Ruhe genutzt, um die Treppe zu putzen?

Marie bekam für einen Moment Schnappatmung und hätte Lust gehabt, sie sofort aus dem Gästebett zu schmeißen und ihren Kopf in den Schneemann vor der Haustüre zu drücken. Doch dann dachte sie sich, sie würde ihrer Schwiegermutter nachher einfach vorschlagen, sie solle im Keller weitermachen. Dort gab es sicherlich in den Ecken die eine oder andere Spinnwebe und sie habe dort sicherlich genug Beschäftigung, um sich den Vormittag zu vertreiben, wenn sie Beschäftigung brauchte.

Doch vermutlich wartete Agathe nur darauf, auch auf ihre angeblich wohltäterische Unterstützung in der Nachtschicht angesprochen zu werden. Also nahm sich Marie vor, einfach gar nichts zu sagen und sich eine andere Art des speziellen gebührenden Dankes zu überlegen. Doch das sollte noch etwas warten.

Marie startete die Kaffeemaschine und der sanfte Klang des Mahlwerks ließ sie entspannen. Der Duft von frischem heißem Kaffee zog durch ihre Nase. Doch prompt war die Entspannung dahin. Agathe stand in der Tür und fragte, warum es hier um diese Uhrzeit schon so laut sei. Das durfte doch nicht wahr sein!

Wie konnte sie das gehört haben? Das Gästezimmer war unterm Dach, also 2 Etagen über der Küche. Diese Frau war einfach unnatürlich!

Da kamen auch Ben und die kleine Luisa fröhlich um die Ecke und der Moment war gerettet.

Kurze Zeit später waren alle am gedeckten Frühstückstisch versammelt. Alfred kam ein paar Minuten später, denn da es um diese Zeit so ungemütlich und eiskalt draußen war, war er es, der den morgendlichen Spaziergang mit den kleinen Wollies erledigen durfte.

Luisa erklärte allen Anwesenden die Welt aus ihrer Sicht, erzählte von der Kindertagesstätte, von ihren neuen Schuhen und von ihrer langen, ja wirklich sehr langen Wunschliste, die sie so aufwändig für den Weihnachtsmann gemalt hatte.

Agathe zischte rüber zu der kleinen Luisa „Aber mit vollem Mund spricht man nicht! Hat dir das denn deine Mutter nicht beigebracht?" Luisa steckte den nächsten Bissen in den Mund. Ihre Beinchen baumelten entspannt. Während sie ihre bunten Söckchen betrachtete und weiter kaute, erklärte sie ihrer Oma: „Doch".

Aber Agathe wäre ja nicht Agathe, wenn sie nicht noch ein paar weitere Kritikpunkte hätte. „Ach zu einem richtigen Frühstück gehört ja auch frischer Orangensaft und frisches Obst. Gesunde Ernährung ist so wichtig, das habe ich erst kürzlich wieder in der Zeitung gelesen."

Ben erinnerte freundlich daran, dass Marie und Luisa allergisch auf Orangen reagierten. Agathes Gesicht verzog sich und man konnte leise ein „Ach so" vernehmen.

Sogleich wies Agathe ihren Alfred darauf hin, dass sie die Weihnachtsgeschenke noch im Kofferraum hatten.

Luisa war geschockt. Hatten Oma und Opa etwa beim Weihnachtsmann die Geschenke geklaut?

Das durfte doch wohl nicht wahr sein!

Sie begann, zu schreien, zu weinen, mit ihren kleinen Beinchen in ihren rosa Sternchenleggings strampelte sie heftig, ja sie protestierte förmlich!

Nicht Oma und Opa sollten die Weihnachtsgeschenke bringen, sondern das machte doch der Weihnachtsmann!

Luisa hatte sich fest vorgenommen, in diesem Jahr auch mal den Weihnachtsmann und seine Rentiere zu sehen, damit sie in der Kita war zu erzählen hatte. Doch wenn Oma und Opa ihm die Geschenke geklaut hätten, würde das wohl nicht klappen.

Bei diesen Klängen stimmte dann auch gleich der kleine Theo zur Unterstützung seiner großen Schwester lauthals mit Gebrüll ein, wenngleich er natürlich noch gar nicht so recht verstand, was hier los war.

Marie atmete tief ein, beruhigte ihre Kinder mit Erklärungen und als dann geklärt war, dass nur der Weihnachtsmann all die tollen Weihnachtsgeschenke bringen würde und Oma und Opa lediglich kleine Geschenke zum Besuch, nicht aber für Weihnachten gemeint hatten, wurden die kleinen Kullertränchen getrocknet und die vorweihnachtliche Welt war wieder in Ordnung, zumindest vorerst.

Vorsorglich legte sich Marie danach gleich mal ihre Migränetabletten in Reichweite, schickte die Kinder zum Spielen und nahm sich einen Zettel, um die Einkaufsliste zu kreieren. Natürlich war es meist so, dass sowieso doppelt so viel im Korb landete, als da auf ihren langen Zetteln stand, aber dennoch war es sicherer, zumindest die dringend benötigten Dinge aufzulisten.

Wie oft war sie schon mal losgegangen, um z.B. Butter und Milch zu kaufen, kam dann mit einem vollen Korb nach Hause, hatte aber die Butter vergessen.

Schon wollte sich aber auch Agathe einbringen und natürlich war es in ihren Augen völlig überschätzt, freundlich eine Bitte zu äußern, oder gar zu fragen. Nein, das war wohl in ihren Augen Zeitverschwendung.

Also kam sie gleich zur Sache.

„Kind, wenn du dann einkaufen willst, dann bring doch bitte gleich einen guten Wein mit. Ich habe den Weißwein in eurem Regal gesehen. Der ist ja nichts. Wir wollen uns doch heute einen schönen Abend machen. Also, Alfred und ich mögen ja einen Rotwein, aber doch bitte einen guten Rotwein, hörst du?" Marie spürte, ihre Migräne klopfte schon leise an. „Ach und Marie, denk bitte daran, Bio – Obst mitzubringen. Von dem gespritzten Zeug bekommen wir ja Ausschlag. Ach und für morgen früh bring doch bitte noch frischen Orangensaft für Alfred und mich mit. Ein Frühstück ohne Orangensaft ist ja kein Frühstück."

Marie spürte ihre Migräne schon etwas deutlicher. Ja, es klopfte. Doch gleich würde sie erst mal entspannt zum Einkaufen in die Stadt fahren und sich voller Freude durch die völlig überfüllten Geschäfte am heutigen Samstag vor dem morgigen Heiligabend schieben. Sie hatte dabei heute mal alle Zeit der Welt und eine super tolle Ausrede dafür, dass es lange dauern würde und eines war klar. Heute würde es lange dauern, bis sie vom Einkaufen zurückkommen würde. Definitiv.

Sollten die Geschäfte wider Erwarten doch nicht überfüllt sein, würde sie halt zur Not mit den Kindern noch bei Tante Elli vorbeifahren oder einen kurzen Spaziergang im Möbelhaus an der Autobahn einplanen. Da würde Marie sicherlich noch etwas einfallen.

Eine schlappe Stunde später schlenderte Marie mit den Kindern völlig entspannt durch die Regale des Supermarktes und unter anderen Umständen hätte sie bei einem solchen Getümmel so gar keine Lust auf Einkaufen gehabt. Aber unter den aktuellen Gegebenheiten war es wie ein kurzer Ausflug in ein Erholungszentrum.

Die Kinder spürten diese äußerst gute Stimmung und klein Luisa nutzte ihre Chancen, so die eine oder andere oder weitere und eventuell etwas übertriebene Kleinigkeit oder Süßigkeit im Korb zu verstauen. Sie tanzte fröhlich um den Einkaufswagen, der voller und voller wurde.

Marie erblickte noch so die eine oder andere Leckerei, die sie als Nervennahrung in den kommenden Tagen sicherlich gebrauchen könnte.
Im Kopf ging sie noch mal die Festtagsmenüs für die nächsten Tage durch und damit es auch auf jeden Fall für alle reichen würde, auch für die reizenden Schwiegereltern, wobei Agathe wirklich gerne aß und das auch reichlich.

Man fragte sich, ob es mit rechten Dingen zugehen konnte, dass jemand so viel verdrücken konnte, ohne dass der Hosenbund nachgab und sich die Nähte lösten. Doch dem war nicht so. Es schien, als würde diese Frau von Mahlzeit zu Mahlzeit gleiten und es würde ihr absolut gar nichts ausmachen.

Das war so ungerecht, befand Marie. Denn sie selbst kämpfte noch immer mit den letzten Schwangerschaftspfunden und quälte sich zwei Mal wöchentlich im Bauch–Beine–Po–Kurs des örtlichen Fitnesstempels.

Aber nichts desto trotz landeten nun diverse Pralinen mit Variationen aus Marzipan, Nuss-Nougat und Nüssen im Einkaufskorb, direkt neben einer Auswahl an Schokoladenplätzchen und Gummibärchen. Wenn man Stress hatte, verbrauchte man ja auch Kalorien und Fakt war: wenn Agathe im Hause war, hatte Marie wohl genug Stress, um während der Feiertage auf schweißtreibenden Sport verzichten zu können.

Nur schlappe 95 Minuten später kamen sie schon an der Kasse an. Der Korb war am maximalen Beladungslimit angekommen. Theo war in seiner Schale eingeschlafen und bekam von all dem regen Treiben um ihn rum nichts mit. Er sah so goldig und relaxt aus, in seinem braunen Teddyanzug. Völlig entspannt nuckelte er während er tief und fest schlief. Kein Wunder, er hatte ja schon so früh ausgeschlafen. In dem Moment beschloss Marie, noch nicht am Band aufzulegen, sondern noch etwas Kaffee zu holen. Ihre Schwiegereltern tranken doch so gerne und auch viel Kaffee. Da brauchte sie sicherlich für die nächsten 48 h noch ein zusätzliches Paket der braunen Bohnen, schließlich konnte sie nicht riskieren, dass der Kaffee ausgehen könnte.

Als sie vor dem Regal ankam, fiel ihr Blick auf die koffeinfreien Varianten. Das war ja die Idee! Wenn sie diese Bohnen mal probieren würde, kämen sie vielleicht auch mal etwas früher ins Bett.
Vielleicht waren die Abende mit den Schwiegereltern ja doch nur so lange, weil die beiden auch am späten

Abend noch so gerne die kleinen Koffeindosen immer wieder erneuerten.

Also beschloss Marie, nichts dazu zu sagen, sondern quasi ein Experiment durchzuführen, ohne die Probanden aufzuklären.
Nur für sich und Ben würde sie sicherlich morgens einen richtigen Kaffee kochen. Das würde vermutlich interessant werden, zumindest für Marie.

Zuhause angekommen, war Ben sichtlich erfreut und erleichtert, die Drei endlich wieder bei sich zu haben.

Kaum hatte Ben Marie mit einer herzlichen Umarmung und einem Kuss begrüßt und begann, den gut gefüllten Kofferraum leer zu räumen, da hörte Marie auch schon die sanften Klänge der schwärmenden Schwiegermutter, die ja schon fast trällerte, welch wundervollen Sohn sie doch habe, dass er seiner Frau ja sogar die Einkäufe ins Haus tragen würde. Nun, für Alfred war es sicherlich eine Selbstverständlichkeit.
Er hätte wohl kaum entspannt am Sofa abgewartet, bis Agathe ihren Kofferraum leergeräumt hätte.

Marie griff, rein vorsorglich, schon mal zu einer zweiten Migränetablette. Das konnte ja nichts schaden und war an diesem Tag definitiv nicht übertrieben.

Eine Stunde später saßen dann alle am Tisch. Klein Theo war sichtlich fidel. Er hatte ja ausreichend Schlaf während der ausgedehnten Einkaufstour am Morgen. Luisa hingegen wurde so langsam müde und damit wurde der Appetit schon kleiner und während sie in ihrem Gemüse stocherte, rieb sie sich vor Müdigkeit immer wieder die Augen und wuschelte durch die wilden Locken.

Da ermahnte, wie sollte es auch anders sein, Agathe, wie wichtig ihr Gemüse sei und wie sehr sie doch früher auf die gesunde vitaminreiche Ernährung ihrer Kinder geachtet hätte.

Kaum hatte Luisa ihren Teller leer gegessen, da ergriff Marie die Möglichkeit, die beiden Kleinen zum Mittagschlaf nach oben zu bringen und sich so auch einen Moment Ruhe und Abstand zu verschaffen.

Nachdem die Kleinen im Bett waren und ihr Schlaflied aus dem CD-Player erklang, begab sich Marie mit leisen Sohlen zurück in die vorübergehende Höhle der Löwin, also zur Küche.

Nach dem Essen war es ja üblich, immer einen doppelten Espresso zu genießen. Also beschloss Marie, doch auch am besten gleich die Testphase zu beginnen und so füllte sie die neuen Bohnen direkt in die Maschine und in die Kaffeedose um, damit diese inkognito blieben.

Sie brachte die vier doppelten Espresso zum Tisch und direkt nahm Ben einen Schluck, blickte dann etwas skeptisch drein, roch einmal daran, der Blick kreiste einmal durchs Zimmer. Dann nahm er noch einen Schluck und bemerkte, dieser Kaffee schmeckte irgendwie anders, aber sehr gut.

Marie lächelte und flunkerte, dass sie angeblich extra in der neuen Kaffeerösterei gewesen sei, um dort für den Besuch extra guten Kaffee zu besorgen. Erst kürzlich hatten sie doch in der Zeitung von der guten Qualität dieses neuen Geschäftes gelesen.

Natürlich hatte sie ganz normale Bohnen im Supermarkt gekauft. Doch das wusste ja nun keiner, wo sie die Bohnen ja zum Glück schon umgefüllt hatte.

Ben nickte und pflichtete ihr bei. Den Bericht hatte er auch gelesen und der Kaffee aus seiner Tasse schmeckte ihm tatsächlich auch sehr gut.

So stimmte auch Agathe ein und erklärte, dass man ja bei diesem Kaffee gleich die gute Qualität schmecken würde. Er wäre ja so ganz anders, als der Supermarktkaffee, den Marie sonst immer anbieten würde.

In diesem Moment konnte Marie innerlich schmunzeln und amüsierte sich insgeheim über die Qualitäten als Kaffee-Sommelière ihrer sie so gerne reizenden Schwiegermutter.

Zum Dessert hatte Marie noch kleine warme Apfelküchlein im Ofen. Als das Signal des Ofens erklang und die kleinen Hüftknaller fertig waren, richtete Marie sie noch mit einer Kugel Vanilleeis an und war sich sicher, auch in diesem Jahr würden die Hosen nach den Feiertagen etwas mehr spannen, als zuvor. Doch für solche Tage wurde ja schließlich die Stretch-Hose für die Dame erfunden.
Für die Herren gab es diese ja auch. In der beliebtesten Trageversion hieß dies bei der Spezies Mann, die Hose rutschte einfach etwas unter den vollen Bauch.

Im Anschluss an diese kleinen Kalorienbömbchen wollten sich Agathe und Alfred dann etwas ausruhen. Oh,
das klang wie Musik in Maries Ohren. So hatte sie
etwas Zeit für sich und für die Vorbereitung der Weihnachtsgans für den nächsten Tag.

Gerade hatten die beiden Gäste die Küche verlassen
und sich leise auf den Weg nach oben gemacht, da
drückte Marie noch mal den Knopf ihrer Kaffeemaschine, um sich noch einen Kaffee zu machen, einen
richtigen Kaffee, denn sie brauchte noch etwas Koffein,
da kam Agathe noch mal herein. Sie blickte ihre
Schwiegertochter an und meinte „Aber Kindchen, du
solltest nicht so viel Kaffee trinken. Das ist nicht gut
für dich. Das ist ja auch nicht gut für die Haut." Aha,
das waren ja nun ganz tolle Tipps, dachte sich Marie.
Doch deshalb war sie sicherlich nicht zurückgekom-
men.

„Was hast du denn für morgen geplant?" wollte sie
dann wissen.
„Was meinst du?" entgegnete Marie.

„Naja, was wirst du denn kochen? Du weißt ja, ich mag es nicht fett. Ich achte ja auf meine Figur."

Marie verkniff sich für einen Moment eine vorschnelle Reaktion auf diese so ganz neue Information. Ihre Schwiegermutter achtete nun also neuerdings auf ihre Figur und aß nichts Fettes. Das war natürlich ein sensationeller Plan für die Weihnachtsfeiertage! Da musste man ja erst mal draufkommen!

Also vielleicht wäre es ja lustig, am Abend nur ein Knäckebrot für die feine Linie auf den Tisch zu stellen, dachte sich Marie und musste schmunzeln.

Doch dann ging sie ihre Planung durch. Bei der Planung für die einzelnen Mahlzeiten hatte sie ja an so einige Vorlieben gedacht, aber doch nicht an die Anzahl der vielen kleinen Kalorien im Menü.

Damit war für Marie Fakt, der Nachmittagskaffee sollte einfach mal ausfallen, nach dem üppigen Mittagessen. Der normale Hosenbund ging ja nach der deftigen Doppelschicht schon in die Knie, also kam Marie eine Idee.

Mit einem breiten Grinsen ging sie zum Küchenschrank und durchforstete ihre Teevorräte. Da war er ja, ganz hinten in der Ecke, dieser Kräutertee, den Marie mal gekauft hatte, weil er angeblich Appetit zügeln konnte. Nun, das Versprechen hielt dieser Tee zumindest bei ihr nicht. Dafür war der Geschmack so alles andere als lecker. Aber als gute Schwiegertochter würde sie der lieben Agathe jetzt einfach mal eine Kanne davon kochen und sie so in ihrem angeblichen figurbewussten Vorhaben unterstützen.

Als sie diese Kanne dann zehn Minuten später vor Agathe abstellte, schaute ihr nicht nur ein skeptischer Blick von ihr entgegen, sondern auch Alfred sah ziemlich überrascht aus, als er (vermutlich zum ersten Mal überhaupt) vernahm, dass seine liebe Gattin wohl jetzt, pünktlich zu den Weihnachtsfeiertagen die neue Diätwelle eingeläutet hatte. Tatsächlich hatte es so etwas wohl noch nicht gegeben, also zumindest nicht bei ihr.

Doch für alles gab es ja ein erstes Mal und so nahm Agathe auch einen Schluck des angepriesenen Zaubertees und verzog leicht die Mimik. Man konnte ihr ansehen, dass ein Kaffee wohl deutlich mehr nach ihrem Geschmack gewesen wäre. Doch mit leicht verzogener Schnute nahm sie noch einen zweiten Schluck, bevor sie die Tasse mit einem erzwungenen „Dankeschön" zurück auf den Tisch stellte.

Marie zwinkerte ihr zu, hauchte ein zuckersüßes „Bitteschön" zurück und verschwand wieder in die Küche.

Kurze Zeit später stand Agathe in der Tür. In den Händen hielt sie ein großes Glas Rosenkohl. Marie rümpfte schon im Reflex die Nase. Diese grünen Gemüsebällchen konnte sie schon als Kind nicht riechen. Doch bevor sie fragen konnte, was Agathe denn damit wollte, bekam sie schon die passende Antwort. „Du weißt ja, wie sehr ich Rosenkohl zum Braten liebe. Daher habe ich ein Glas aus eigener Ernte mitgebracht. Das würde ich morgen gerne zum Mittag ergänzen. So haben wir auch etwas beigesteuert. Du hast ja schon so viel gemacht und besorgt."

Marie konnte die Ironie zwischen dem Gesäusel deutlich hervorstechen hören. Sicherlich war es von großer

Bedeutung, dieses Gemüse auf den Tisch zu bringen. Nun, aber zu Agathes Abnehmillusionen und den kleinen Seitenhieben würde Marie nichts sagen. Agathe bekam ihren Rosenkohl, mit einer schönen Mehlschwitze, wie von ihr gewünscht. Natürlich war leichte Kost etwas anderes, aber Marie wollte mal nicht so sein und verkniff sich einen Kommentar.

Resultat würde auch sein, dass Agathe mit ihrem Rosenkohl definitiv an der anderen Tischseite sitzen musste, denn Marie fand den Geruch dieses Gemüses derart furchtbar, dass ihr eigentlich davon übel wurde. Das wusste jeder, wirklich jeder, der sie eine Weile kannte.

Zum Glück waren ja für den nächsten Tag noch weitere Gäste zum Essen geplant.

So waren Maries Eltern eingeladen, auch Maries Geschwister mit Familien, Bens Schwester mit Familie, also waren sie, gemeinsam mit den zwei neuen Wollies in ihrem Körbchen eine richtig große Runde und die

Möglichkeit, am anderen Ende des großen Esstisches zu sitzen, war gegeben.

Luisa tobte nun schon den halben Tag mit den beiden Wollknäueln. Der kleine Theo krabbelte ihnen überall hin hinterher und freute sich über das Tohuwabohu, welches hier herrschte. Ja, die Kinder hatten sichtlich Spaß.

Auch Marie konnte zum Glück ihre Allergie mit ihren Tabletten ganz gut im Griff behalten.

So langsam wurde es dunkel draußen und die Mägen knurrten. Nur die Kinder hatten am Nachmittag etwas gegessen. Die Erwachsenen hingegen, hatten ja die Bäuche am Mittag so gut gefüllt, dass die Hosen auch am Abend noch gut spannten.
Allerdings hatte Agathe inzwischen schon mit ihrem Hunger zu kämpfen und schielte schon immer mal zur Küche rüber, in Erwartung auf die Einladung zum gedeckten Tisch.

Doch dies lies gefühlt lange auf sich warten, ja wirklich sehr lange.

Marie bereitete in Ruhe erst noch einiges für den nächsten Tag vor, es war ja morgen Heilig Abend. Da war für so viele geplante Gäste einiges zu tun.

Natürlich hätte Agathe ihr ja, wie angekündigt helfen können. Doch einerseits war das natürlich nicht ernst gemeint und andererseits hätte Marie wohl ein bis drei graue Haare über die Feiertage gewonnen, wenn sie nicht ihre Ruhe in der Küche gehabt hätte.

Dann, endlich, rief Marie die hungrige Meute zum Essen.

Voller Vorfreude sprangen sie förmlich aus den Sofakissen und eilten zum gedeckten Tisch. Oh, als Agathe nun an ihrem Stuhl stand und auf den Tisch blickte, hätte Marie nur zu gerne diesen Gesichtsausdruck mit einem Foto festgehalten. Doch das wäre ja dann etwas zu auffällig gewesen.

Natürlich gab es für die Personen am Tisch, die nicht auf ihre Linie achten mussten, eine reichliche Auswahl an deftigen Leckereien. Zur Unterstützung von Agathes Diätplänen hingegen hatte Marie ihr natürlich eine Auswahl an Reiswaffeln und Knäckebrot sowie leichten Frischkäse direkt vor den Teller platziert. Alfred lachte, tätschelte seiner Frau den Po und meinte „Das ist aber lecker. Hau rein, meine Liebe."

Daraufhin setzte er sich und nahm sich ein dickes Stück Hackbraten mit Soße, während Agathe sich ein Knäckebrot griff und dabei den ganzen Tisch und auch Marie musterte. Marie sprach Sie an „Agathe, du kannst doch alles essen, wonach dir ist. Von dem Knäckebrot wird man ja kaum satt. Die Diät kannst du ja heute Abend mal etwas lockerer sehen." Wissend, dass Agathe nie, aber auch wirklich niemals freiwillig auf gutes Essen verzichten würde, denn sie konnte eigentlich alles essen, ohne dass sie wirklich dick wurde. Das war schon ungerecht.

Doch Agathe blieb eisern. Sie nahm sich noch eine zweite Scheibe Knäckebrot, dazu ein Gürkchen, schielte hungrig auf das so gut riechende Stück Hackbraten auf dem Teller ihres Gatten und beim letzten Stück, welches in dessen Mund verschwand, schien es, als hätte sie doch nur zu gerne hineingebissen.

Dann blickte sich Marie um. Wo waren eigentlich die kleinen Vierbeiner? Die waren doch so agil, dass man sie sehen und hören müsste.

Marie ging ohne Worte auf die Suche. Die beiden Hunde waren nicht in der Küche, nicht im Wohnzimmer, nicht im Flur und auch nicht im Bad.

Ok, vielleicht waren sie eine Etage höher. Im Schlafzimmer von Marie und Ben waren sie nicht, aber sie waren hier gewesen. Das Bett war total zerwühlt, die Kissen zerfleddert, die Decken lagen am Boden, aber von den beiden kleinen vermeintlichen Übeltätern war nichts zu sehen.

So ging die Suche weiter, durch die Kinderzimmer. Hier war alles in Ordnung.
Auch das Bad hier oben war absolut tip top, also zumindest nach Maries Maßstäben.

Somit blieb noch die obere Etage unter dem Dach und der Keller übrig.

Langsam und leise ging Marie die Treppe weiter hinauf. So allmählich hatten sich auch die anderen auf den Weg gemacht und rätselten im Flur des Erdgeschosses, was Marie da wohl suchte.
Dann, plötzlich brach Marie in schallendes Gelächter aus. Sie konnte gar nicht aufhören. Sie hielt sich den Bauch und lachte und lachte und Tränen kullerten über ihre Wangen, so sehr amüsierte sie sich.

Da waren die zwei kleinen Überraschungsgäste und lagen, als Marie sie fand, friedlich auf dem Gästebett im Dachgeschoss. Nun sprangen sie aufgeregt um sie herum, gerade geweckt, nachdem sie sich so schön ausgeruht hatten. Sicherlich war es nicht nur bei uns Menschen so, dachte sich Marie, dass man müde wurde, wenn man sich mal so richtig satt gefuttert hatte.

Agathes Tasche, die zu Fuß des Bettes stand, war völlig ausgeräumt von den beiden kleinen Rabauken. Nun lagen die Tüten des Lieblingsmetzgers von Maries

Schwiegermutter kreuz und quer im Zimmer verteilt. Hier und da lag noch ein kleines Stück Salami. Da hatte Agathe sich und Alfred wohl vorsorglich ein kleines Betthupferl mitgebracht, für den Fall der Fälle, sollten sie nicht satt werden.

Nun, den beiden Hunden hatte es sicherlich geschmeckt. Die brauchten bestimmt einen extra langen Verdauungsspaziergang. Aber Marie wischte sich ihre Tränen weg, als sie noch immer lachte. Agathe stand nun in der Türe, mit hochrotem Kopf und sicherlich spürte sie ihren Puls. Ja, am liebsten wäre sie wohl im Boden versunken.

Man könnte ja annehmen, dieses Paket sei ein Geschenk für Ben, Marie oder für die anderen Gäste, die für morgen angekündigt waren. Doch wer Agathe kannte, der wusste auch, ihre Lieblingsdelikatessen vom Metzger teilte sie nicht gerne und schon gar nicht freiwillig. Selbst ihr lieber Alfred konnte von Glück reden, wenn er von dem guten Schinken oder der Salami mal etwas abbekam. Kam er zu spät, so war immer schon alles vertilgt. Gut, man musste das positiv sehen, sie kümmerte sich immer darum, dass diese guten Sachen auch nicht schlecht wurden.

Wenn es hingegen trockenen Kuchen gab, so war der für Alfred, denn trockener Kuchen schmeckte Agathe nicht.
Ach, die Agathe teilte alles so ein, dass nichts schlecht wurde.

Um die Stimmung allgemein noch etwas aufzuhellen, sorgte Ben mal für einen frischen Kaffee für alle. Was er nicht wusste, war, dass nur koffeinfreie Bohnen in der Maschine waren.

Zwar schmeckte der Kaffee, aber Marie zumindest fühlte sich nicht mehr so aufgedreht, wie am Abend zuvor. Auch die beiden Gäste schienen etwas müde. Sicherlich machte auch der Vorfall, ja der kleine Imbiss der kleinen Überraschungshunde sie etwas still. Das war doch wirklich mal eine lustige Überraschung, dachte sich Marie und auch Ben konnte über all dies nur schmunzeln.

Agathe hingegen wäre am liebsten gleich abgereist.

Ob es nun an dem neuen Kaffee ohne die koffeinhaltige Wirkung lag, oder vielleicht auch an den Ereignissen
des Tages, konnte man nicht sagen. Es war wohl eine
Mischung aus allem, dass Agathe an diesem Abend
ausnahmsweise mal schon früh zu Bett gehen wollte.
Sie fühlte sich, so sagte sie, etwas schlapp.

Das konnte man ihr eigentlich nicht übelnehmen und
beinahe hätten Marie und Ben Mitleid mit ihr gehabt,
aber eben nur beinahe.

Vielleicht würde sich ja Agathe in den kommenden
Tagen mal etwas zurücknehmen, hofften die beiden.
Aber das war natürlich nur Wunschdenken.
Agathes Selbstbewusstsein war durchaus stark genug,
um darüber hinwegsehen zu können und die peinlichen
Themen einfach nicht mehr anzuschneiden bezie-
hungsweise, sie so einfach zu ignorieren.

6.38 Uhr war es am nächsten Morgen und das kleinste Familienmitglied hatte scheinbar ausgeschlafen, was aber für den kleinen Mann wirklich schon recht spät war.

Tja, ausschlafen für die Großen in diesem Haushalt war ja, solange die Kinder noch keine Teenager waren, sowieso ein gänzlich überbewerteter Zustand, an den man sich kaum mehr erinnern konnte.
Also schälte sich Marie aus dem Bett. Ben hielt sie kurz an der Hand fest und brabbelte ein „Guten Morgen, mein Schatz. Ich komme auch gleich runter."

Heute war Heilig Abend. Draußen fiel der Schnee, aber es war noch völlig dunkel.
Ben kam wirklich gleich hinterher, feuerte den Ofen an und kümmerte sich mal um den ersten Kaffee des Tages. Da wies Marie ihn darauf hin, doch bitte für sie beide andere Bohnen zu nehmen, die sie gut im Schrank verstaut hatte. Sie erklärte ihm die Sache mit dem Kaffee und er lachte herzlich. Diese Idee war doch auch in seinen Augen absolut genial, ja, ein wenig hinterlistig, aber absolut genial.

Das frühe Aufstehen war an diesem Tag auch nötig, denn Marie hatte heute ein volles, ja, sehr volles Haus zu bekochen.

Dafür war noch einiges vorzubereiten. Gänsebraten, Soße, Klöße, Rosenkohl, Kuchen und Co. würden ja leider nicht von alleine auf den Tisch kommen. Also hieß es für die gestresste Hausfrau: Ärmel hochkrempeln und los ging es.

Zum Mittag sollte es Gänsebraten und Co. geben. Am Abend war für alle Würstchen und Kartoffelsalat geplant. Das war inzwischen eine Art Tradition. Somit konnte wohl eigentlich keine Kritik hierfür kommen, also theoretisch.

Nachdem der erste Kaffee getrunken war, also ein richtiger Kaffee natürlich, schob Marie die Gans in den Ofen, bereitete die Klöße vor, rotierte durch die Küche, wie ein Wirbelwind und als sie um 8 Uhr auf die Uhr sah, war sie zufrieden, was sie schon alles so früh am Morgen geschafft hatte.

Beim Decken des Tisches fiel ihr auf, dass da wohl im Kühlschrank etwas fehlte. Das große Stück Schinken, welches sie gestern extra gekauft hatte, war irgendwie nicht mehr zu finden.

Doch zum Glück war ja dennoch genug da, um den Tisch fürs Frühstück schon nahezu zu überladen.

Als sie 15 Minuten später auf den reich gedeckten Frühstückstisch sah, der noch nicht angerührt war, fragte sie sich, wo die reizenden Schwiegereltern wohl blieben. Natürlich war es ihr sehr recht, dass sie ihr heute nicht schon so früh Gesellschaft leisteten und Agathe ihr nicht schon vor dem ersten Kaffee den Tag verdorben hatte, aber sie war dennoch guter Dinge, dass Agathe das ohne Probleme aufholen könnte.

Das tat sie dann natürlich auch.

Nur 20 Minuten später kam sie, noch etwas ver-knautscht in die Küche. Doch noch vor einem „Guten Morgen" kam ein „Hier ist es aber laut!"

Ach, wie schön war es doch, dachte sich Marie, dass sie morgen wieder abreisen würden.

Agathe scannte den Frühstückstisch förmlich und wählte heute einen anderen Sitzplatz aus, als in den vergangenen Tagen. Den Teller, vor dem das Knäckebrot freundlicher Weise platziert war, überließ sie spontan ihrem lieben Alfred.

Ohne Umschweife fragte sie mit quiekender Stimme „Sag mal, Marie, gibt's denn hier heute keinen Kaffee?" Marie drehte sich von ihr weg, hin zur Kaffeemaschine und rollte die Augen, kurz davor, sie darauf hinzuweisen, dass sie durchaus mit der Funktion einer Kaffeemaschine vertraut sein durfte. Da kam zum Glück Ben auch zur Küche herein und schon verzog sich Agathes Gesicht auf wundersame Weise zu einer deutlich freundlicheren Variante. „Guten Morgen, Ben, du bist ja auch schon so früh auf." Ben lachte, zeigte mit dem Finger zur Uhr und erwiderte „Naja, Mutter, es ist ja schon halb neun, früher hättest du gesagt, es ist mitten am Tag." Er lachte, zwinkerte ihr zu und blickte in ein sichtlich erschrockenes Gesicht. Ja, es war halb neun und eigentlich waren die zwei Rentner um diese Zeit längst auf, damit Agathe ihre morgendliche Kaffeestunde mit Selbstbeweihräucherung abhalten konnte, bei der sie über die Langschläfer – Nachbarn herzog, deren schlechte Gewohnheiten, wie ungeputzte Fenster, ungemähte Rasen, nicht gekehrte Einfahrten. Man musste zur Verteidigung der Nachbarn erwähnen, dass normale Nachbarn dort nichts zu kritisieren gehabt hätten. Aber Agathe war eben nicht normal. Sie war besonders, ja, besonders gut darin, Kritik zu üben. Also, Kritik an anderen, das hatte mit Selbstkritik so rein gar nichts, also nicht mal im Entferntesten, zu tun.

Ben gab ihr ihren Kaffee, allerdings ohne Koffein. Auch er war der Meinung, das hatte sie verdient und das Plus an Schlaf tat nicht nur ihr, sondern ihnen allen gut.
Als hätte sie eine leise Ahnung, blickte Agathe etwas missmutig in ihren Kaffee...und meinte „Irgendetwas stimmt nicht mit mir. Ich bin so müde. Das kenne ich ja gar nicht."
Ben gab seiner Frau einen Kuss auf die Wange, um sein Grinsen zu überspielen.

Auch Alfred betrat nun etwas verschlafen die Küche.

„Guten Morgen meine Lieben. Die Luft hier scheint uns so gut zu tun. Ich habe geschlafen wie ein Stein."

Diese Erklärung war sehr gut, befand Marie, die Luft ist schuld, vielleicht auch die Anstrengung der Reise, der Ärger mit dem entdeckten und vertilgten Notproviant, ach, es gab so viele Gründe, da musste man nicht fragend in die morgendliche Kaffeetasse blicken, um dort einen zu finden.

Doch nun genug gerätselt, auf an die Kaffeetassen und noch besser, an den Frühstückstisch, dachte sich Marie.

Amüsanter Weise schien die Idee mit der Diät oder der leichten Kost bei Agathe beim Frühstück schon wieder verflogen zu sein.

Das Knäckebrot stand also zu rein dekorativen Zwecken am Küchentisch, nun allerdings vor Alfred. Marie war sich sicher, hätte es nicht am Tisch gestanden, wäre es als fehlende Aufmerksamkeit ihrerseits kritisiert worden. Doch so, wars ja da und musste also keine weitere Beachtung finden. Dafür schenkte Agathe den Brötchen Beachtung, also drei Brötchen nacheinander, reich belegt. Auch Alfred staunte nicht schlecht. Die arme Agathe schien ja nahezu ausgehungert zu sein, so wie sie diese Brötchen fingerdick mit Wurst belegte. Da konnte man ja eigentlich kaum noch was vom Teig schmecken, bemerkte sogar Ben und erntete für diesen Kommentar ein leuchtendes Blitzen in Alfreds Gesicht, dem das sichtlich gefiel. Agathe hielt erschrocken kurz inne, gönnte sich dann aber genüsslich auch den nächsten saftigen Bissen.

Da erzählte Marie von dem verschwundenen Schinken. Agathe hüstelte kurz, als sei sie ertappt worden, doch dann hatte sie sogleich mit erhobenem Zeigefinger die passende Erklärung parat. „Nun, du wirst den Schinken wohl im Geschäft vergessen haben." Maries Augen schienen zu kleinen Schlitzen zu werden, aus denen gleich Giftpfeile in Richtung ihrer giftenden Schwiegermutter schießen würden.

Doch kaum war das erste Event des Tages, also das Frühstück, geschafft, zogen auch schon die Düfte aus dem Backofen durchs ganze Haus.

Oh wie schön war das doch. Der Schnee fiel, pünktlich zu den Weihnachtsfeiertagen machte also sogar das Wetter mit. Der Duft der Weihnachtsgans zog durchs Haus. Nachher würde dann noch warmer Apfelkuchen mit viel Zimt den Weg in den Backofen und dann in die Bäuche der Gäste finden.

Kaum hatte Marie den Teig für den Kuchen vorbereitet, da klingelte es an der Tür. Aufgeregt sprang die kleine Luisa zur Tür, um den Weihnachtsgästen zu öffnen.

Es waren Maries Eltern, Elfie und Rolf. Luisa sprang, sang, freute sich, kam zurück zur Küche und tönte laut, dass Oma und Opa nun da seien. Daraufhin verzog sich Agathes Gesicht und sie wies die kleine Luisa mit strengem Unterton darauf hin, dass sie und Alfred doch auch Oma und Opa seien. Aber die kleine Luisa, die sich nichts dabei dachte, sprang weiter fröhlich durch die Küche und meinte „Ja, Oma Agathe, aber das sind meine richtigen Großeltern, die sind immer da und holen mich oft von der Kita ab. Dann gehen wir immer beim Bäcker Brötchen holen."

Uff, das saß sichtlich. Daran hatte Agathe nun tatsächlich zu knabbern, verständlicher Weise.

Doch wer konnte dem Kind einen Vorwurf machen?
Sie hatte doch nur gesagt, was sie dachte.

Agathe stieg wortlos auf, ging wie auf leisen Sohlen aus der Küche nach oben, um die Hundeleine zu holen und kam nach wenigen Minuten zurück in die Küche, pfiff ihren Alfred förmlich herbei, damit er mit ihr und den Hunden eine Runde laufen solle. In ihrer höchstcharmanten Art und Weise wies sie darauf hin, dass er wegen seines Bauches einen Verdauungsspaziergang nötig hätte. Nun, fakt war, charmant war Agathe so auf ihre ganz eigene, wirklich sehr besondere Art und Weise.

Um diese Seite zu erkennen, musste man schon sehr optimistisch und kreativ sein. Alfred war für seine Ruhe in Maries Augen wirklich bewundernswert.

Die beiden verließen mit den zwei Wollknäueln das Haus und Marie, aber auch Ben atmeten auf. Beide wollten zeitgleich die Kaffeemaschine einschalten, um einen koffeinhaltigen Kaffee zur Entspannung als Pausenkaffee vor der nächsten Überraschung zu genießen. Lachend drehten sie sich um und Maries Mutter Elfie konnte förmlich in diesem Moment die Anspannung etwas abfallen sehen.

„War es wieder so schlimm?" fragte sie ihre Tochter.

„Ging noch." Antwortete Marie.

„Aber seit wann haben die beiden denn Hunde?" fragte Elfie etwas irritiert, als sie Agathe und Alfred vom Fenster aus hinterher sah. „Das war eine Weihnachts-überraschung" erklärte Ben.

„Aha" kommentierte Elfie. „Sie wissen aber schon, dass Marie eine Tierhaarallergie hat, oder?" wollte sie wissen.

Marie lachte „Ja, aber sie wusste wohl nicht, dass ich dafür auch Tabletten habe, die mir helfen, das zu kompensieren."

Wissend nickte Elfie und blickte den beiden weiter hinterher.

Doch dann meldeten die beiden kleinen Wirbelwinde zu Wort und forderten die Aufmerksamkeit ihrer Oma und auch die der anderen Anwesenden.

Zwei Stunden später war der Tisch fast fertig gedeckt, da kamen die Spaziergänger zurück. Die beiden kleinen Hunde eilten förmlich ins Wohnzimmer zum wärmenden Kamin und fielen wie erschlagen zu Boden.
Ben blickte zu ihnen und hatte Mitleid für die armen kleinen Racker. Dieser lange Marsch war viel für so kleine Wesen und bei dieser Kälte sicherlich trotz Fell etwas zu kühl.

Gerade überlegte er, wie man die kleinen Wesen aufwärmen könnte, da fiel ihm auf, dass seine Mutter schon wieder verschwunden war.
Kurze Zeit später war sie aber zurück, eingepackt in eine dicke, flauschige Strickjacke und im Gepäck hatte sie gleich etwas Kritik für dieses kalte Wetter. Na wer hätte das gedacht, dass es im Winter kalt sein würde.

Marie hatte gerade die Gans aus dem Topf genommen und wollte die Füllung entnehmen, da stand auch schon die reizende Agathe neben ihr, um sie zu unterstützen, naja, vielmehr, um sie darauf hinzuweisen, dass die Soße ja noch gar nicht schmecken konnte. Dafür musste Agathe nicht mal probieren. Das sah sie schon so, einfach an der Farbe. Für eine wohlschmeckende Soße fehlte dieser Variante ihrer Meinung nach einfach an Farbe, klärte Agathe nun Marie besserwisserisch auf.

So langsam spürte Marie, wie ihr Puls begann, auf Modus „in Rage" umzuschalten. Marie drehte sich weg, um ihr Gesicht kurz zur Faust zu ballen. Gerade noch hatte sie zum Glück beide Hände voll zu tun, um die Füllung zu entnehmen, da sah sie leider nicht, dass Agathe schon mal nach den Gewürzen griff. Einfach so, ohne weiteren Kommentar landete also so einiges, was da in Maries Gewürzregal zu finden war, unbemerkt im Topf, um die Soße geschmacklich Agathes letzten Schliff zu geben.

Nichts ahnend, stellte Marie Fleisch und Füllung auf den Tisch und bat alle zum Essen zu kommen. Auch zwei Soßieren standen schon am Tisch bereit. Die hatte Agathe wohl übersehen und sie bemerkte sie auch jetzt nicht, denn diese hatte Marie schon zuvor abgefüllt.

Alle nahmen Platz und langten ordentlich zu. Sogar an den Rosenkohl hatte Marie gedacht und ihn direkt vor Agathe und Alfred platziert, weit genug entfernt von ihrer eigenen Nase.

Ja, man sagte ja immer wieder, gib den lieben Verwandten reichlich zu essen, wenn sie zu Besuch kommen, damit sie nicht so viel Zeit zum Reden haben. Zumindest während des Essens half es. Es herrschte also, zumindest für ein paar Minuten, ein gefräßiges Schweigen.
Nur Luisa und Theo brabbelten fröhlich vor sich hin.

Als die Teller zum ersten Mal leer gefuttert waren, lobten fast alle das gute Essen.
Nach der zweiten Runde brachte Marie die Kinder ins Bett und die Erwachsenen bemühten sich weiter, nichts von all dem guten Essen zukommen zu lassen. Nach der dritten Runde und dem Limit des elastischen Hosenbundes lobte sogar Alfred nicht nur das Fleisch und die Klöße, sondern auch die laut ihm phänomenal gute Soße. Daraufhin drehte sich Agathe zu ihm um und tönte laut, damit es auch ja jeder hören konnte,

dass sie sie extra noch mal nachgewürzt hatte, damit sie so gut schmeckte. Schließlich hatte sie der Soße schon angesehen, dass sie ja viel zu lasch war. Mit einem stolzen Grinsen im Gesicht erklärte sie ihr Vorgehen.

Marie schwoll vor Groll fast der Hals zu und gerade wollte sie förmlich explodieren, da legte sie ihren Kopf schief, blickte ihre Schwiegermutter prüfend an und fragte: „Du hast eben die Soße im Topf nachgewürzt, als ich das Fleisch zerlegt habe?"

„Ja" gab Agathe stolz zur Antwort.

„Da stand die Soße aber schon am Tisch." klärte Marie sie mit ernster Miene auf.

Um Agathes Mundwinkel konnte man sehen, sie wurde nervös. Das kannte Marie bisher noch nicht von ihrer Schwiegermutter. Sie wurde tatsächlich so nervös, dass die Nerven zuckten.

Es war für einen Moment völlig still am Tisch.

Marie stand auf, ging zum Bratentopf, nahm einen Löffel daraus, probierte und rümpfte die Nase.

Sie drehte sich nochmals um, und fragte demonstrativ: „Du hattest eben nachgewürzt, als ich hier neben dem Herd das Fleisch zerlegt habe."

Leise tönte ein „Ja" aus Agathes Mund.

„Nun, dann lasst uns doch alle mal von Agathes toller Soße probieren." schlug Marie vor und kam mit einer großen Soßenkelle der tollen, von Agathe optimierten, braunen Soße. Sie schöpfte Agathe auf und bat sie, doch bitte zu probieren.

Alle blickten sie gebannt an.

Skeptisch führte Agathe einen Löffel damit zum Mund, verzog für eine Millisekunde das Gesicht und kam dann doch irgendwie zu einem Lächeln. „Lecker"

Alfred hielt seinen Teller hoch und bat auch um eine Kelle der Vergleichsprobe. Agathe winkte ab und keifte „Du hast schon genug gegessen! Das musst du nicht probieren." Doch Ben nahm sich auch schon eine Kelle und gab auch gerne seinem Vater die Möglichkeit, einen Löffel zu probieren.

Ben hatte die Soße einen Moment im Mund, schon spuckte er sie aus. „Mutter!" tönte es erbost „Musste das sein?"

„Aber, aber, aber es war doch... also... ich dachte... ich wollte doch nur... also... „

stammelte Agathe.

Kleinlaut konnte man ein „Es tut mir leid" hören.

Alfred drehte sich völlig irritiert zur Seite. Kamen diese Worte etwa aus dem Munde seiner Frau? Konnte das sein?

Das hatte er in all den Ehejahren bisher nur drei Mal gehört.

Diese Worte hatten also definitiv Seltenheitswert und es hatte einiges zu bedeuten.

„Gut, dass die Kinder jetzt im Bett sind." begann Marie „Wir waren immer bemüht, euch, oder vielmehr dich, Agathe, an den Tagen während der Besuche hier einigermaßen gut zu ertragen und die Kinder möglichst nicht spüren zu lassen, welch bösartige Frau ihre Oma Agathe ist."

Alle im Raum hielten die Luft an. Doch Marie war noch nicht fertig.

„Agathe, du lässt wirklich keine Möglichkeit aus, mich zu kritisieren, zu beleidigen, dich einzumischen, dich hervorzuheben und dich von uns bedienen zu lassen. Doch das ist vorbei! Ich bin es so leid, mir alle Jahre wieder von dir die Feiertage vermiesen zu lassen. Das ist ein für alle Mal vorbei! Das war das letzte gemeinsame Weihnachten!

Du fasst hier keinen Topf, keinen Putzlappen, ja gar nichts mehr an, kritisierst weder mich, noch irgendetwas in unserem Haus. Ansonsten gibt es für dich keine, ja absolut überhaupt gar keine Familienfeier mehr in diesem Haus und auch ansonsten keinerlei Miteinander.

Agathe rang nach Fassung. Man konnte fast meinen, sie sei hier zu Unrecht beschuldigt, wenn man so in ihr Gesicht blickte und die Mischung aus Empörung und Schock sah.

Marie stand auf, holte sich ein Stück warmen Apfelkuchen, denn sie wusste, dass ihre Schwiegermutter warmen Apfelkuchen liebte. Marie stach ihre Gabel hinein, verschlang den ersten Bissen voller Genuss und grinste Agathe an „Da du ja neuerdings angeblich auf deine Figur achtest und dir der Kuchen bestimmt auch nicht würzig genug ist, verstehst du sicher, dass ich dir kein Stück anbieten werde."

Agathe schluckte und man konnte förmlich sehen, wie sie sich beherrschen musste, nichts zu sagen.

Maries Eltern waren wie versteinert. Das hatte ja nun wirklich keiner erwarten können.
Elfie stand auf und machte sich und Rolf erst mal einen Kaffee, um die Situation irgendwie aufzulockern.

Nur zu gerne hätte Agathe kommentiert, dass Marie ihre Gäste hier selbst Kaffee holen ließ. Doch gleichermaßen war sie neidisch darauf, dass Elfie als die richtige Oma bezeichnet wird, die einfach da ist und wie selbstverständlich den Knopf auf der Kaffeemaschine bediente.
Es wurde ihr nun noch deutlicher klar, dass sie hier wirklich nur ein seltener Gast war, der meinte, vieles besser zu wissen.

Im gleichen Moment ärgerte sie sich, dass bei diesem Besuch irgendwie alles schieflief. Alles.

Leise, ja, fast mit eingezogenem Kopf, verließ eine geknickte Agathe die Küche und ging nach oben. Nun, wer sollte sie trösten? Hatte sie hierfür Trost verdient? Eigentlich nicht.
So blieben auch alle anderen am Tisch sitzen und ließen sich einfach zur Abrundung den duftenden warmen Apfelkuchen schmecken.

Irgendwann hatte allerdings Alfred dann doch das Bedürfnis, mal nach seiner Frau zu sehen und sodann schlug er gleich Alarm.
Er eilte die Treppe herunter, um Hilfe zu holen. Es schien Agathe nicht gut zu gehen. War es ihr doch zu viel gewesen?
Sie klagte über starke Schmerzen in der Brust und im Bauch sowie über starke Übelkeit sowie Kreislaufprobleme. War es ein Indiz für Stress?
Waren Maries Worte gar nun zu viel für ihr Herz?

So bösartig Agathe auch war, so hatte Marie nun doch ein schlechtes Gewissen.

Innerhalb kürzester Zeit waren Notarzt und Krankenwagen zugegen und Agathe wurde weinerlich abtransportiert.

Nun war die Weihnachtsstimmung natürlich gänzlich ruiniert.

Ben fuhr mit Alfred dem Krankenwagen eilig hinterher. Marie rief alle anderen eingeladenen Gäste an, die zum Abendessen kommen wollten und sagte das Festtagsessen zu Heilig Abend rundum ab. Wie konnten sie nun nach allem gemütlich Weihnachten feiern, wenn sie durch die Kritik, wenngleich sie natürlich absolut gerechtfertigt und längst überfällig war, bei ihrer Schwiegermutter womöglich einen Schlaganfall verursacht hatte.

Zum Glück kannten Luisa und Theo es ja, von Oma Elfie und Opa Rolf beaufsichtigt zu werden und so konnte auch Marie sodann gleich ins Krankenhaus eilen, um sich dann doch nach dem Befund zu erkunden und vielleicht auch wieder etwas einzulenken, wenngleich diese garstige Frau keine Entschuldigung von Marie verdient hätte.

Im Krankenhaus angekommen, stieg ihre Nervosität mit jedem Schritt. Na toll. So hatte sie sich die besinnliche Zeit ja nun wirklich nicht vorgestellt! Absolut nicht!

Sicherlich hatte sie damit gerechnet, dass sie wieder ein neues graues Haar dazu gewinnen würde, aber das, was nun geschehen war, war dann doch etwas zu viel des Guten.
Die ganzen Jahre hatte Marie die Reizungen ihrer Schwiegermutter für deren kurze Gastspiele immer recht gut und ruhig ertragen, aber nun war das Thema rum.

Für die kommenden Jahre sollte sich das definitiv nicht wiederholen. So war zumindest Maries Plan.
Allerdings wollte Marie auch vermeiden, dass nun auch noch ein Herzleiden Basis für Agathes Stänkereien sein sollte und sie so etwas Neues hätte, auf dem sie

rumreiten könnte und dessen Verschulden sie Marie in die Schuhe schieben könnte.

Gerade als Marie aufgeregt vor dem Krankenzimmer ihrer Schwiegermutter angekommen war, kam Ben mit einem Lächeln im Gesicht auf den Flur, auch Alfred kam direkt nach ihm heraus und sah entspannt, eigentlich schon etwas erheitert aus. Es gab also Entwarnung? Kein Herzinfarkt? Kein Schlaganfall? Keine Lebensgefahr wegen Maries ernster Worte?

Ben nahm seine Frau nun lachend in den Arm und flüsterte ihr ins Ohr: „Alles in Ordnung!"

Hatte Marie richtig gehört? War wirklich alles in Ordnung? Nun, wenn sie in die Gesichter der beiden Herren blickte, schien es wirklich so zu sein.

Dann kam die nähere Erläuterung. „Sie hatte einfach zu viel gegessen und hatte eigentlich so starke Blähungen, dass die Schmerzen in der Brust verursachten." Marie fing an zu lachen.

Agathe hatte laut dem Arzt zu viel gegessen, bekam nun etwas gegen die Blähungen und Flüssigkeit, weil sie wohl eigentlich auch zu wenig getrunken hatte und sie blieb zur Sicherheit noch eine Nacht zur Beobachtung, dann dürfte sie auch wieder nachhause.

Nun lachten alle drei und vermutlich hörte auch Agathe in ihrem Krankenbett, dass die drei über ihre akuten Blähungen und den zu vollen Bauch lachten.

Ach, die arme Agathe, nun konnte sie einem ja wirklich schon fast leidtun, aber eben nur fast.

Vielleicht war das das tollste Weihnachtsgeschenk seit Jahren für Marie und vielleicht sogar für Alfred, dass Agathe ruhig gestellt war, weil sie so peinlich berührt war, dass sie nicht kritisieren konnte und wollte und da blieb ja auch für sie nicht mehr viel zu sagen.

Nach der ganzen Aufregung fuhren Marie und Ben nach Hause zu den Kindern. Alfred blieb noch etwas bei seiner armen, noch etwas aufgeblasenen Frau und kam dann später nach.

Zuhause angekommen, wurden erst mal wieder koffeinhaltige Kaffeebohnen in die Maschine gefüllt und weil man ja schlecht am großen Tisch feiern konnte, wenn die Oma im Krankenhaus lag, so wurde das gemeinsame Essen mit allen anderen einfach für den nächsten Tag geplant.

Doch bei einem Blick auf die Uhr fiel auf, nun wurde es Zeit, um sich umzuziehen und an Heilig Abend durch den Schnee zur Kirche zu laufen und somit den Weihnachtsabend abzurunden und zur Besinnlichkeit zurück zu kehren.

Es war so ruhig, so entspannt und einfach angenehm im Miteinander, als würde der Störenfried eben nicht mehr stören. Die ganze Stimmung war plötzlich wieder viel harmonischer.

Doch an diesem Abend stand ja durchaus noch etwas Weiteres, ganz besonderes bevor, denn der Weihnachtsmann würde ja noch kommen und vermutlich während alle am Esstisch saßen, still und leise die Geschenke unter den Baum legen.

Man spürte schon, wie nervös die kleine Luisa wurde. Theo hatte ja noch nicht so viel Ahnung, was denn heute Abend passieren würde, aber Luisa klärte ihn auf.

Klein Luisa hoffte, sie würde nicht vom Weihnachtsmann zur Rede gestellt werden, wegen ihrer kleinen Streiche und der Tatsache, dass sie so manchmal gekonnt überhörte, was sie tun sollte. Voller Vorfreude, aber auch mit ein wenig Ehrfurcht wartete sie also auf das Glöckchen, welches ja laut Mama vom Schlitten des Weihnachtsmannes zu hören war, wenn der Weihnachtsmann mit seinen Rentieren im Schlitten flog. Gerade, als sie den letzten Bissen verschlungen hatte, hörte sie ein Glöckchen. Schade, dass ihr Papa gerade in dem Moment nicht mit am Esstisch stand, um auch gleich mit zum Baum zu eilen, um zu schauen, ob es denn auch wirklich der Weihnachtsmann war.

Mit leuchtenden Augen rannte die kleine Luisa aufgeregt zum Baum.

Zwar konnte sie noch nicht lesen, welche Namen auf den kleinen Kärtchen der vielen großen Pakete stand, aber das riesengroße rosarote Paket sah ja förmlich aus, als sei es für sie bestimmt.

Auch die Erwachsene und der kleinste Mann, der kleine Theo waren nun um den Weihnachtsbaum und die vielen bunten Geschenke verteilt und ein Geschenk nach dem anderen wurde geöffnet und bestaunt. Es wurde gesungen, es wurden Plätzchen verdrückt und Geschenke bestaunt.

Am späteren Abend waren die lieben Kleinen total übermüdet und glücklich endlich ins Bett gefallen, da beschlossen auch die anderen, den Abend so langsam ausklingen zu lassen.

Alfred war nach der Bescherung noch mal zu seiner Frau ins Krankenhaus gefahren, um ihr ein kleines Päckchen zu bringen. Er konnte ja nun wirklich nicht ahnen, wie die Weihnachtsfeiertage verlaufen würden, als er Gutscheine für einen Kurs als kleine Weih-nachtsüberraschung gekauft hatte.

Der Kurs, den er für sie beide gebucht hatte, hieß „Mit Yoga und Qigong zu mehr Ruhe und Gelassenheit".

Es ging über mehrere Wochen, wobei man sich wöchentlich einmal traf, um die einzelnen Schritte zu lernen und nach und nach zu mehr Gelassenheit zu gelangen.

Er war gespannt, wie Agathe darauf reagieren würde.

Allerdings wollte er, als kleinen Gag vorweg einen Gutschein für einen Bratentopf schenken, weil er nur zu gut wusste, wie furchtbar sie es fand, wenn eine Frau Haushaltsgegenstände zu feierlichen Anlässen geschenkt bekam, denn das war ja in ihren Augen nicht für eine Frau, sondern dafür, dass sie Arbeit hatte. Ja, der Alfred konnte auch ein kleiner Schelm sein. Doch er liebte seine Frau, die er manchmal liebevoll seine Giftnudel nannte, auch und so hatte er im Gepäck zwei wunderschöne, zudem sündhaft teure Diamantohrringe, die seiner Gattin sicherlich nicht nur gefallen, sondern auch stehen würden. Die passende Halskette hatte sie bereits zum Hochzeitstag bekommen.

Als er ihr Zimmer betrat, schlief sie tief und fest. Er setzte sich zu ihr und betrachtete seine Frau. Als er sie so schlafend sah, ohne ihr Gemecker und ihre Kritik, sah sie freundlich aus. Es schien, als wäre sie eine wirklich liebenswerte Person. Theoretisch konnte sie das auch sein. Das wusste Alfred. Doch sie überspielte das einfach sehr gekonnt, indem sie rundum alles und jeden kritisierte. Für manche Personen hatte sie dabei eine ganz besondere Art, um sie mit extra viel Kritik zu beglücken. Dazu gehörte nicht nur er, sondern eben leider auch seine Schwiegertochter. Doch vielleicht hatte ja deren Ansprache nun dafür gesorgt, dass Agathe ihr Gezicke in Zukunft unterdrücken oder zumindest stark reduzieren würde.

Als Alfreds Gedanken schweiften, blinzelte Agathe und sogleich wurde klar, sie wurde wach, als es krächzte „Alfred, weshalb ist es hier so hell? Was sitzt du hier so rum? Warum lächelst du? Gefällt es dir etwa, wie ich hier liege?"

Alfred war nun also aus seinen Tagträumen wachgerüttelt, da war sie wieder, die holde Gattin in ihrer ach so liebreizenden Art.

„Ach Agathe, ich wünsche dir trotz allem Frohe Weihnachten." Sagte er und gab ihr einen Kuss auf die Stirn.

„Wie geht es dir denn?" fragte er seine Frau, aber nicht wirklich besorgt.

„Es geht schon." entgegnete sie, senkte den Kopf leicht, denn dass es nur an zu viel Essen und zu vielen Blähungen lag, das war ihr dann sogar auch vor ihrem Mann peinlich.

„Wissen es die anderen?" fragte sie mit in Falten gelegte Stirn. Lachend nickte Alfred.

„Oh Gott, ist das peinlich!" meinte Agathe. „Das lag bestimmt an ihrem Essen." versuchte sie, die Lage zu erklären.

„Lass es gut sein!" wurde nun auch Alfred mal direkt und etwas lauter gegenüber seiner Frau. Erschrocken blickte sie ihn an.

„Wir wissen doch alle, dass du immer gerne fett und viel isst.

Ich weiß nur zu gut, dass du nachts gerne mal aufstehst, um noch heimlich den Kühlschrank zu plündern.

Es ist wirklich unglaublich, dass du bei dem, was du vertilgst, noch in deine Hosen passt."

Agathe riss die Augen auf und holte tief Luft, um verbal zurück zu schlagen, doch sie kam gar nicht zu Wort. Es schien, als platzte Alfred mal mit dem raus, was er so lange unterdrückt hatte.

„Agathe, ich habe so oft zurückgesteckt und bin auch wirklich sehr kulant gewesen, all die Jahre, weil ich wusste, du meintest es nicht so. Aber jetzt kann ich nicht mehr zusehen. Sicherlich lag es nicht an Maries Essen, wir haben schließlich alle davon gegessen und es geht allen anderen gut. Allerdings hat auch keiner solche Mengen verdrückt, wie du. Aber fakt ist, es lag nicht an ihrem Essen, sondern vielleicht an den Würsten, die du heimlich verdrückt hast, oder auch an den drei Stück Käsekuchen, den du während unseres Kaffees beim Bäcker verdrückt hast, um den Hunden etwas Ruhe während des Spaziergangs zu gönnen. Vielleicht lag es auch an dem Schinken, den du letzte Nacht heimlich verdrückt hast, als du dachtest, ich würde schlafen. Es war schon sehr frech, Marie gegenüber zu behaupten, sie hätte ihn wohl vergessen. Es könnte so vieles sein. Aber was es auch war, du solltest dir Bewusst machen, dass du nicht nur Marie gegen dich aufbringst, sondern auch Ben und wenn du ihn und unsere Enkelkinder nicht verlieren willst, dann solltest du endlich mal wach werden und dich ändern. Auch alte Menschen, ja sogar alte bissige Schachteln wie du, können sich noch ändern, wenn sie es wirklich noch wollen." Er zwinkerte ihr zu, als er das sagte, beugte sich erneut über sie und gab ihr noch einen Kuss auf die Stirn.

Erbost keifte sie „Es ist unser Sohn, er würde sich nie gegen uns stellen."

„Willst du es darauf ankommen lassen? Bedenke, dass ich auch früher für dich eingestanden bin, auch gegen die Meinung unserer Eltern." Plötzlich fingen ihre Gesichtszüge an, zu zittern. Ihre Augen wurden glasig. Eine Träne kullerte über ihre Wange. Eilig wischte sie sie weg.

Aber ihr wurde bewusst, wie Recht ihr Mann vielleicht hatte.

Hätte Alfreds Mutter sich derart verhalten, so hätte er schon längst alle Brücken abgerissen und sie hätte keine Chance auf Wiedergutmachung gehabt. Doch daran hatte Agathe nie gedacht. Sie hatte einfach in ihren Augen richtig gehandelt und für sie konnte niemand, ja wirklich niemand gut genug für ihren Sohn sein. Da konnte Marie ja eigentlich tun, was sie wollte.

Alfred fügte hinzu „Ben ist glücklich, das sieht man doch. Das sollte doch Grund genug sein, um deine Kritik zu zügeln oder viel besser noch, zu lassen. Von mir aus, schimpfe auf dem Heimweg, das tust du ja eh immer. Aber ich empfehle dir dringend, es nicht mehr vor den Kindern zu tun. Sonst sitzen wir beim nächsten Weihnachtsfest ganz alleine da."

„Wir haben noch Julietta." Das war natürlich richtig. Aber Alfred wies seine Frau auch darauf hin, dass die beiden schon als Kinder immer zusammenhielten und da Agathe ebenso gerne Juliettas Mann in der Kritik hatte, wäre es möglich, dass auch sie alle Brücken einreißen würde und dann, ja dann stünden die beiden da und Agathe wüsste gar nicht mehr, wohin mit ihrer ganzen Kritik.

Agathe hielt inne. Man sah ihr an, wie die Gedanken blitzten und wie sie tatsächlich nun Zweifel zu bekommen schien. Ach nein, diese Weihnachten waren so wirklich gar nicht so, wie Agathe sich die besinnlichen Feiertage vorgestellt hatte. Das war ihr alles viel zu wenig nach ihrem Geschmack und nun war sie es, die nicht nur mit ihrer hohen Luftdichte im Bauch zu Spott und Hohn führte, sondern die auch noch wegen ihrer ihre Umwelt so gerne so reizenden Art bei ihrem eigenen Mann hart in der Kritik stand. Das stank ihr gewaltig. Doch sie hatte Angst, er könnte gar recht haben.

Wortlos sah sie aus dem Fenster. Sie sah die Lichter der Stadt, die weihnachtliche Deko der Straßen und den leise rieselnden Schnee. Es war so weihnachtlich, auch jetzt, hier, wo sie war. Doch den Abend im Krankenhaus zu verbringen, war nicht wirklich schön, egal, wie schön der Ausblick auf die winterliche Stadt war.

Da zauberte Alfred den ersten Gutschein aus der Tasche und überreichte seiner Frau einen hübsch eingepackten Umschlag. Sie freute sich sichtlich und öffnete langsam das schön eingepackte Kuvert. Als sie die Karte öffnete und den Gutschein für einen Bratentopf entdeckte, verzog sich kurz ihr Gesicht. Man konnte schon leichte Gewitterwolken aufziehen sehen. Doch dann, plötzlich begann sie zu lachen und meinte „Das habe ich wohl verdient." Mit einem Lachen hatte Alfred nicht wirklich gerechnet, schon gar nicht nach diesem Tag.

Das musste wohl an den Medikamenten liegen.

So zog er nun den zweiten Umschlag aus der Tasche. Auch diesen Gutschein öffnete sie vorsichtig, faltete die Karte auf und verzog eine Schnute. „Alfred, du bist ja wirklich manchmal komisch, aber das ist schon etwas gemein." Sie las laut vor „Mit Yoga und Qigong zu mehr Gelassenheit" in dem Moment kam die Nachtschwester ins Zimmer und kommentierte es sogleich. Es sei in ihren Augen eine tolle Idee. So etwas sollte ihrer Ansicht nach jeder machen. Yoga hätte ihr selbst so sehr geholfen, abzuschalten und ihre Gelenkigkeit wieder zu steigern.

Die kleine kugelrunde Schwester kam einmal ums Bett herum, um kurz Blutdruck zu messen, sich nach dem Befinden zu erkundigen und dann eine ruhige Nacht zu wünschen und viel Erfolg beim Yoga.

Die Ohrringe behielt Alfred in der Jackentasche und entschied spontan, ihr diese erst am Heimweg nach den Feiertagen zu geben, wenn sie es denn mal schaffen würde, ihre Kritik zu zügeln.

Agathe griff zu ihrer Tasche und zog aus ihrer kleinen Damenhandtasche ein kleines Kästchen heraus. Darin befand sich ein Schlüssel mit einem Anhänger mit seinem Namen. Etwas kritisch blickte er sie an. Dieser Schlüssel war ein anderer als der Haustürschlüssel des hübschen Eigenheims. Kurz fragte er sich, ob er nun etwa ausziehen solle? Oder ob sie umziehen wolle. Doch nun lachte sie. Sie hatte vor einiger Zeit geerbt und ein Teil des Erbes gut angelegt und die Finca in Spanien, in der sie nun in den vergangenen Jahren mehrmals ihre Urlaube verbrachten und immer geschwärmt hatten, wie schön es dort war, gekauft. Die Zeit dort tat vor allem dem ruhigen Alfred immer sehr gut, da er hier im kühleren Deutschland doch mehr Problemchen mit seinen schon etwas morschen Knochen hatte als dort in den südlicheren Regionen. Also hatte sie kurzerhand entschieden, das Anwesen zu kaufen und nun dort Zeit zu verbringen, wenn immer ihnen danach war.

Alfred wusste gar nicht so recht, was er dazu sagen sollte. Einerseits war er enttäuscht darüber, dass seine holde Gattin mal wieder solche Entscheidungen ohne ihn gefällt hatte. Aber andererseits war er auch sehr gerührt und es stimmte, dass er dort weniger Schmerzen hatte und er sich dort rundum pudelwohl fühlte. Das lag unter anderem auch daran, dass seine Frau dort viel entspannter war. Auch die Nachbarn waren dort viel weiter weg, als hier in Deutschland.

Auch die hohen Mauern rund ums Anwesen in Spanien waren nicht nur ein Sichtschutz für sie selbst, sondern auch ein Schutz der Nachbarn, denn so konnte Agathe, die ja zuhause in Deutschland nicht mit Kritik an ungeputzten Fenstern und Autos und Vorgärten der Nachbarn sparte. Hier kamen die Themen einfach nicht auf, da die Sicht darauf schon mal versperrt war. Das milde Klima aber schien auch allgemein Agathe etwas milder zu stimmen.

So beschloss Alfred, sich nicht über den Alleingang seiner Frau zu ärgern, sondern sich über die Möglichkeit zu freuen, dort zukünftig noch viel mehr Zeit zu verbringen und die Rente mehr als nur 3 x jährlich für 4 Wochen in der spanischen Sonne zu genießen.

Nach einer herzlichen Umarmung tranken die beiden noch einen heißen Tee miteinander und dann machte sich Alfred auf den Rückweg, mit dem Versprechen, seine Agathe am nächsten Vormittag aus dem Krankenhaus abzuholen, wenn sich auch bis dahin ihr Luftproblem weitestgehend quasi in Luft aufgelöst hatte und es ihr dann wieder gut ging.

Zurück am Haus seines Sohnes und dessen Familie öffnete ihm Ben die Tür, denn obwohl der Arzt ja Entwarnung gegeben hatte, so hatte er doch etwas Sorge, nachdem sein Vater so lange im Krankenhaus war.

Doch Alfred gab Entwarnung und nicht nur das. Er prophezeite den Beiden, dass sein garstiger Besen in Zukunft sicherlich nicht mehr ganz so garstig sein würde. Dann nahm er Marie in den Arm und dankte ihr dafür, dass sie ein so geduldiges liebenswertes Wesen war und dass sie seinen Sohn so glücklich machte. Marie war zu Tränen gerührt.

Doch da sprangen ja auch die kleinen Wollknäule um sie herum. Da war ja noch etwas. Vor lauter Tohuwabohu waren die ja am Abend noch gar nicht an der frischen Luft gewesen. Um sie nicht zu zwingen, in ihrer Not den guten Wohnzimmerteppich zu ruinieren, ging Ben also spontan mit ihnen eine Runde an der frischen Luft.

Am nächsten Morgen war der kleine Theo doch ein kleiner Langschläfer. Erst nach 6 Uhr verkündete er mit viel Ton, dass er jetzt ausgeschlafen hatte.
Also wusste dank dieser kleinen kraftvollen Stimme jeder im Haus Bescheid. Gleich gab es Kaffee.

Obwohl auch Alfred den kleinen ausgeschlafenen Gesellen natürlich gehört hatte, beschloss er, noch ein kleines Nickerchen einzulegen und die vier erst mal in Ruhe richtig wach werden zu lassen.

Es war trotz den Tohuwabohus in der Küche und im Bad nun eigentlich total ruhig und entspannt im Haus. Ja, alles schien so friedlich zu sein.
Gerade, als alle frisch gemacht am Tisch saßen, der kleine Theo auch schon satt und zufrieden in seinem Stühlchen saß, kam auch Alfred gut gelaunt in die Küche.

Als er an seinem Kaffee nippte, meinte er „Der schmeckt irgendwie anders. Der schmeckt sehr gut." Ben hatte eben frische Bohnen aufgefüllt „Aus dem Supermarkt." erklärte er dabei seinem Vater.

„So so, schmeckt gut." kam die Antwort seines Vaters.

Marie wunderte sich ja immer mal wieder über die wortarme männliche Kommunikation, so wie auch an diesem Morgen. Doch so früh am Morgen wollte ja so manch einer nicht so viel reden und wer Alfred schon länger kannte, der wusste ja, dass er eigentlich auch nicht oft zu Wort kam und so war er es also schlicht und einfach vermutlich auch gar nicht gewohnt, viel mehr am Morgen zu reden. Es war anzunehmen, dass er viel mehr Erfahrung darin hatte, zu schweigen, aufmerksam zuzuhören und zu nicken.

Nach dem zweiten Kaffee ging Alfred erst mal mit den Hunden. Danach ließ er sie bei Luisa, damit sie sich noch etwas an den kleinen verspielten Wollknäueln erfreuen konnte.

Danach machte er sich auf den Weg zum Krankenhaus, um seine Frau abzuholen.

Agathe saß schon quasi auf gepacktem Koffer, also vielmehr auf ihrer geschnürten kleinen Reisetasche, wartend auf dem Krankenbett. Die Jacke hatte sie sogar schon angezogen und die Knopfleiste bis zum oberen Knopf geschlossen. Die Hände waren übereinandergelegt, auf ihren Handschuhen liegend.

Als sich die Türe öffnete, war sie hoch erfreut, aber sie schien auch nervös zu sein.

„Wer ist denn heute zum Essen da?" fragte sie ihren Mann. „Alle" war die korrekte und knappe Antwort. „Wird schon." versuchte er, sie zu ermutigen, während er nach ihrer Tasche griff.

Auf der Fahrt zurück wurde Agathe von Minute zu Minute nervöser und dabei auch ungewöhnlich still. Als sie dann vor der Türe standen, sprach sie gar nicht mehr, sondern grübelte, wie sie nun reagieren solle, um zu vermeiden, dass ihr Mann recht haben würde und sie Gefahr liefe, ihre Kinder und Enkelkinder wegen ihrer kritischen und etwas bissigen Art zu verlieren.

Als sie nun vor der Haustüre stand, fühlte sie sich, als hätte sie einen Kloß im Hals, einen recht trockenen und störenden Kloß.

Luisa öffnete die Türe und rief ganz aufgeregt „Oma, Oma, du hast den Weihnachtsmann verpasst. Der Weihnachtsmann war da." Sie griff nach der Hand ihrer Oma Agathe und führte sie aufgeregt zu den vielen vielen Geschenken, die sich dort ausgepackt im Wohnzimmer türmten bzw. verteilt hatten.

Mit vielen Worten erklärte der kleine Sonnenschein, was der Weihnachtsmann ihr alles gebracht hatte und dass sie ihn ja ganz deutlich gehörte hätte, ja sie hatte ihn sogar auf seinem Schlitten davonfliegen sehen, als sie sich spät am Abend die Zähne geputzt hatte.

Staunend über die Erzählungen ihrer kleinen Enkelin, nickte und nickte Agathe und wurde langsam ruhiger.

Ben rief zu Tisch. Wenngleich Agathe es eigentlich kritisiert hätte, dass ihr Sohn scheinbar den Tisch gedeckt hatte und dass er nun auch noch zu Tisch bat und nicht seine Frau, so biss sie sich doch auf die Lippen, ohne dass jemand etwas ahnte. Sie legte ihre Jacke ab und folgte der Einladung zum Essen.

Mit leicht gesenktem Blick nahm sie am Tisch ihren Platz ein, gleich neben Alfred. Luisa wurde gerade von Marie in ihren Kindersitz gesetzt, da fragte sie ihre Oma: „Wo warst du eigentlich?" „Ich musste leider kurz weg." Versuchte Agathe zu entschuldigen.
Blickte dann ihre Schwiegertochter an, stand auf, nahm Maries Hand „Marie, es tut mir leid. Bitte verzeih mir." Wer Agathe kannte, wusste, wie wahnsinnig selten ihr solche Worte bisher über die Lippen gekommen waren.

„Was denn?" fragte wieder die kleine Luisa. „Dass Oma heimlich Schinken genascht hat."
„Oma, wo warst du denn?" wollte sie nun wissen.
„Sie hat daheim nach der kaputten Heizung geschaut."
Sagte Marie schnell, damit sich die Kleine keine Sorgen machen würde, dass die Oma im Krankenhaus war.

„Ach so." nickend pickte sie mit der Gabel in das erste Stückchen zerkleinertem Kloß, der da auf ihrem Teller in Soße lag. „Warum hast du denn eine kaputte Heizung? Da ist es doch kalt." Wollte sie wissen.

„Das hast du völlig recht." meinte Agathe lächelnd.

„Ach, bei uns ist die Heizung ja nicht kaputt. Hier ist es warm." erklärte sie weiter. Dann bleib doch hier, bis die Heizung bei dir wieder von einem Reparierer ganz gemacht ist. Sonst werdet ihr doch krank." erklärte die kleine Luisa weiter, während sie das nächste Stückchen Kloß aß.

„Das ist aber lieb, mein Kind. Aber wir fahren ja heute weiter."

„Aber dann ist es doch kalt und dann bekommt ihr einen Schnupfen. Ich hatte ja auch einen Schnupfen. Das ist nicht schön. Da läuft immer die Nase."

So ließ die kleine Schnupfnase alle an ihren Erfahrungen teilhaben und munterte so mit ihrem ganz eigenen Talent und ohne zu wissen, was hier vorging, die Stimmung auf ganz besondere Art und Weise auf.

Doch etwas anderes war noch ungewohnt beim gemeinsamen Essen mit Agathe. Es schien, als hätte sie mal nichts zu mäkeln, also so gar nichts. Das war ja bisher noch nicht vorgekommen.

Der Arzt empfahl ihr ja, dass Agathe sich mehr bewegen sollte. Daher waren die kleinen Hunde tatsächlich eine tolle Hilfe, um dies auch in die Tat umzusetzen.

So gönnten sich die zwei Rentner einen längeren Spaziergang mit den kleinen Wollknäueln und gleichzeitig gönnten sie der jungen Familie ein wenig Zeit für sich.

Als sie eine Stunde später zurückkamen, war auch Bens Schwester mit Familie, also mit ihrem Mann Jorge und den Zwillingen Max und Moritz da. Die beiden vierjährigen Energiebündel hatten nun in Windeseile schon die halbe Etage förmlich auf den Kopf gestellt.

Agathe begrüßte Jorge in ihrer charmanten Art und Weise und als er seine Pudelmütze abnahm, bemerkte sie direkt „Oh, dein Frisör ist wohl krank? Oder warum konntest du schon so lange nicht mehr zu ihm gehen?" Jorge hatte auch einen ganz besonderen Draht zu seiner Schwiegermutter. Die gemeinsame Zeit war immer gespickt mit kleinen giftigen Nettigkeiten.

Auch Maries Schwestern Maggy und Doro würden gleich mit ihren Familien und Maries Eltern dazu kommen. Dann waren das Gewusel und die Weihnachtsstimmung, so wie sie sein sollte, perfekt.
Kaum hatten sich Max und Moritz erst mal etwas ausgetobt, da standen Elfi und Rolf schon vor der Tür mit Maggy, ihrem Freund Klaus und der Mopsdame Prinzess.
Kurz darauf klingelte es erneut an der Türe und Doro und Tristan kamen mit dem kleinen Paul, der nun mit zwei Jahren laufen konnte, wie ein Wiesel und einen riesigen Spaß daran hatte, sämtliche Schränke leer zu räumen.

Damit waren nun alle komplett und die ausgelassene Stimmung und die gute Laune taten allen sichtlich gut.

Julietta wunderte sich ein wenig, dass ihre Mutter so still daran teilhatte, ohne zu kommentieren oder gar, was ja eigentlich bei ihr zum üblichen Miteinander gehörte, zu kritisieren.

Leise fragte sie ihren Bruder, welches Kraut er ihr denn für diesen Effekt gegeben hätte. Er lachte und flüsterte ihr zu, das würde er ihr später erklären.

Fast fließend wechselten sie alle vom Nachmittagskaffee mit Stollen und Kuchen zum abendlichen Festessen zum ersten Weihnachtsfeiertag.

Die Kinder waren schon sichtlich erschöpft vom Spielen und Toben miteinander. Der Vorteil von diesen Feiertagen und dem Zusammenkommen der lieben Verwandtschaft war ja auch, wie süß die Kleinen dann schliefen, wenn sie nach den aufregenden Tagen erst mal im Bett ankamen.

Am reich gedeckten Tisch schlief die kleine Luisa einfach in ihrem Stühlchen ein. So schien es, Zeit zu sein, die kleinen Knirpse ins Bett zu bringen und einige Zeit später waren alle kleinen Familienmitglieder friedlich schlafend in den Kinderzimmern und Gästebettchen verteilt.

So holte Ben zwei Flaschen Wein, damit sie nun einfach gemeinsam noch einen guten Tropfen genießen konnten.

Als Ben jedem ein Glas einschenken wollte, stupste Maggy ihren Klaus an, er grinste und nickte und dann holte Maggy einmal tief Luft, um zu verkünden, dass sie keinen Wein trinken würde.

Als Ben einfach fragte, was sie denn trinken wolle und schon den Vorratsschrank öffnete, um aufzuzählen, was er alles anzubieten hatte, drehte sich aber seine Frau zu ihrer Schwester, mit einem breiten Grinsen und der Frage „Warum?"

Irritiert hielt Ben kurz inne und Maggy nickte nur. Sie quiekte und fiel ihrer Schwester in die Arme.

Da rutschte der Agathe prompt raus, was sie dachte. „Aber, ihr seid doch gar nicht verheiratet!" Sofort wurde sie von einem strafenden Blick seitens ihres Mannes und auch ihrer Schwiegertochter wortlos in die Schranken gewiesen.

Maggy, die so gar nicht auf den Mund gefallen war und die wusste, um schwanger zu werden, brauchte man ja nun wirklich keinen Trauschein, entgegnete ihr: „Aber es hat trotzdem geklappt und wir freuen uns!"

Da stupste Alfred seine Agathe an und kommentierte auch: „Hatten wir ja auch. Aber damals musste man ja noch eilig heiraten."
Nun blieb Agathe fast die Luft weg. Das hatte ja nie jemand gewagt zu kommentieren.
Maggy sagte knapp und mit einem Lachen in den Augen „Na siehste!"

Agathe wäre am liebsten im Boden versunken. Das war ihr ja noch viel peinlicher als die Sache mit den Blähungen.

Erschrocken blickte Ben sie an. „Wie meint ihr das?"
Agathe rang nach Worten. Da kam ihr einfach ihr Mann zur Hilfe und erklärte: „Nun, damals war es eine

Tragödie, unverheiratet schwanger zu werden. Ach Kinder, damals gab es ja angeblich so viele 7-Monats-Schwangerschaften. Daher haben ja auch so viele so jung geheiratet. Sonst kam man doch so ins Gerede." Ben war ebenso überrascht, wie alle anderen im Tisch auch. Aber Agathe war hochrot. Es schien, als würde sie nicht mehr atmen.

Dann aber stießen alle auf Maggys tolle Neuigkeiten an und das stand weit über dem Event, welches nun schon 42 Jahre her war.

Agathe taute langsam wieder aus ihrer Schockstarre auf und wusste nicht so ganz, was sie sagen sollte. Also blieb sie weiter ruhig. Da sagte sie jetzt auch nichts Falsches. Eigentlich hätte sie ihren Mann mit Blicken töten können, dafür, dass er ihr Geheimnis so heraus posaunt hatte. Aber scheinbar war das hier ja gar kein tragisches Thema.

Nach den aktuellen Ereignissen traute sich Agathe auch gar nicht, ihren bösen Blick einzusetzen, um ihren Mann in die Schranken zu weisen.

Sie hatte sich ja mehr als genug Fauxpas erlaubt, das wusste sogar die bissige Agathe.

Da mit den ganzen Turbulenzen die Planung der Weihnachtsfeiertage sowieso schon durcheinander kam, beschlossen Julietta und Jorge, auch hier im Hause ihre Zelte aufzuschlagen und am nächsten Morgen zusammen mit Juliettas Eltern den Heimweg anzutreten.

Doch dennoch war Julietta ja neugierig, was denn ihre Mutter so wortkarg und ruhig gemacht hatte. Das war ihr ja nicht so richtig geheuer.

Sie hatte selbst beim Essen nicht mal nachgewürzt. Da stimmte also definitiv etwas nicht.

Unter vier Augen erzählte Ben seiner Schwester, was geschehen war und Julietta lachte Tränen. Natürlich hatte sie auch etwas Mitleid mit ihrer Mutter und damit, dass sie nach der Scham für ihr Benehmen auch noch mit dem Rettungsdienst ins Krankenhaus eingeliefert wurde, mit Verdacht auf ein Herzproblem und dem Befund von starken Blähungen.

Ihre Mutter tat ihr wirklich leid, aber dennoch konnte sie nicht anders als laut zu lachen und sich mit Marie darüber zu freuen, dass sie mal so richtig mit der Faust auf den Tisch hauen konnte.

Elfie und Rolf sowie Doro und ihre Familie reisten bald ab.

Auch Maggy und Klaus nahmen ihre kleine Prinzess, die am Sofa eingeschlafen war und alle mit ihrem lauten Schnarchen bespaßte, um den kurzen Heimweg anzutreten.

Sie hatten ja wirklich das schönste kleine Weihnachtsgeschenk dabei.

Agathe und Alfred ergriffen die Möglichkeit, als alle gingen, auch den Weg ins Bett anzutreten und schritten die Treppe nach oben ins Gästezimmer.

Für Julietta und Jorge klappten Marie und Ben noch das Sofa um zu einer XXL-Sofalandschaft, auf der man durchaus auch mal bequem schlafen konnte. Das wussten Marie und Ben aus eigener Erfahrung, denn so mancher lange Fernsehabend endete mit einem Tiefschlaf auf diesem riesigen weichen Sofa, bis der Morgen anbrach.

Leise und total müde, aber auch geschafft von dem unruhigen Tag fielen nun auch Marie und Ben ins Bett.

Am nächsten Morgen war Marie wach, bevor sich der kleine Theo zu Wort meldete.

Gerade, als sie auf leisen Zehenspitzen das Schlafzimmer verlassen wollte, hörte sie im Kinderzimmer schon leises Kichern und trampelnde Kinderfüßchen. Luisa, Max und Moritz hatten sich schon mal die beiden kleinen Wollknäuel aus dem Gästezimmer geholt. Wie sie Marie auch gleich erklärten, würden Oma und Opa tief und fest schlafen und hätten nicht nein gesagt, als sie fragten, ob sie die beiden Hunde zum Spielen mitnehmen dürften.

Marie schmunzelte und bat die drei, noch etwas leise zu spielen, um sich selbst erst mal der Kaffeemaschine widmen zu können.

Eine knappe Stunde später saßen dann alle versammelt am Frühstückstisch. Gerade, als Agathe genüsslich in ihr Brötchen biss, fragte Julietta „Sag mal, Mutti, da hattest du also ein vier Kilo schweres 7-Monats-Baby. Warum ist uns das nie aufgefallen?"

Agathe hätte sich in dem Moment beinahe an ihrem Bissen verschluckt und hustete ertappt.

Alfred erklärte: „Damals war das wirklich schlimm. Da kam man so schnell ins Gerede. Aber wir haben ja dann recht schnell geheiratet. Früher gab es recht viele junge Familien, bei denen es angeblich in der ersten Nacht geklappt hat und da kamen die ersten Kinder auch oft angeblich recht früh. Das wusste ja eigentlich jeder, aber das Getuschel war dann eben doch weniger. Beweisen konnte es schließlich keiner."

Ja, selbst nach unserer standesamtlichen Hochzeit musste ich abends noch nachhause zu meinen Eltern gehen und durfte nicht bei Agathe übernachten, denn erst nach der kirchlichen Hochzeit galten wir für Agathes Eltern wirklich als Ehepaar und erst dann durften wir auch zusammen schlafen."

Dann schmunzelte er verschmitzt und fügte hinzu „Natürlich haben wir auch vorher schon miteinander gekuschelt, aber heimlich. Das durfte noch nicht sein.

Aber so haben wir dich ja bekommen, Ben. So ist das, wenn man jung ist und voller Energie."

Agathe hielt sich die Hand vor das gesenkte Gesicht. Noch heute, so viele Jahre später trieb es ihr die Schamesröte ins Gesicht.

Doch sie war die einzige am Tisch, die es verwerflich fand.
Ganz umsonst hoffte sie, der Boden würde sich gleich auftun, damit sie darin verschwinden könnte.

„Alfred, du blamierst mich!" zischte sie leise von der Seit.
„Nee Mutti" lachte Julietta. Ben stimmte ihr zu. Es sei doch ganz normal und er fügte noch verschmitzt hinzu: „Wer wollte denn die Katze im Sack kaufen?" Agathe war verblüfft und schockiert über diese direkten Worte, aber dann fiel die Anspannung doch langsam von ihr ab.

„Also Kinder, wir haben uns da was überlegt." begann sie und blickte kurz fragend zu ihrem Mann. Er nickte ihr zu und stimmte ein „Ja, wir haben uns gefragt, ob ihr schon Pläne für Silvester habt."

Marie verzog das Gesicht. Nun, wo sie so knapp davor war, endlich wieder ihre Ruhe zu haben, da wollten die ja wohl nicht nächste Woche schon wieder zu ihnen kommen?! Das würde sie nicht mitmachen! Auf gar keinen Fall würde sie dazu nicken.

Dann redete Agathe weiter „Wir würden euch alle gerne einladen, mit uns zu Silvester zu verreisen, in unser neues Haus." Alle anderen am Tisch schauten sich fragend an.

Alfred erklärte „Eure Mutter hat uns die Finca in Spanien gekauft, in der wir nun die letzten Jahre so gerne unseren Urlaub verbracht haben. Wir haben uns heute Nacht überlegt, euch für den Ärger, den ihr mit uns hattet und für den Stress, den wir verursacht haben, ein wenig zu entschädigen. Daher möchten wir euch für ein paar Tage in die Finca einladen. Wir schenken euch die Flüge. Das Haus ist groß genug, damit wir uns auch mal aus dem Weg gehen können und dort könnten wir auch auf ein neues gutes, gesundes Jahr, ohne

Krankenhausaufenthalt und ohne negative Schwingungen anstoßen."

Die Idee klang gar nicht so übel. Dennoch waren Marie und Jorge sehr skeptisch, ob Agathe wirklich auch mal mehrere Tage einfach mal nett sein konnte, ohne zu kritisieren, ohne zu korrigieren, ohne nachzuwürzen. Ach so, nachwürzen müsste sie ja dort nicht. Dort würde sie ja nicht von anderen bekocht werden.

Sie baten sich einen Tag Bedenkzeit aus, um sich zu überlegen, ob sie so spontan verreisen und ihre aktuellen Pläne über Bord werfen wollten.

Natürlich hatten Marie und Ben keine großen Pläne, da sie mit den Kindern zuhause sein wollten, ohne Party, ohne Menschenmengen, einfach sie unter sich. Da wäre es natürlich möglich, so kurzfristig umzuplanen, aber ob sie das wollten, das wussten sie noch nicht.

Einen Tag später entschieden sie, Silvester wie geplant zu Hause zu feiern, alleine und ohne die Gefahr von Kritik und Gezicke.

Nein, so ganz trauten sie dem Sinneswandel nicht und blieben lieber vorerst unter sich.

Ich wünsche allen Leserinnen und Lesern schöne,

besinnliche Weihnachtsfeiertage

im Kreise Ihrer Liebsten

und

ohne störende Agathe.

Ihre Anne